Début d'une série de documents
en couleur

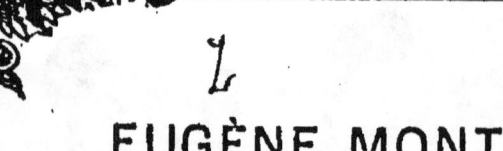

EUGÈNE MONTFORT

LE CHALET
DANS LA MONTAGNE

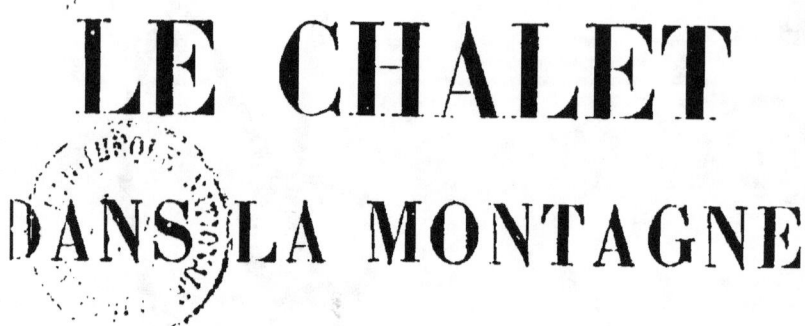

Voyages vrais et imaginaires
LE CHALET DANS LA MONTAGNE
CHAUSEY — NUITS D'ESPAGNE
SENSATIONS ANGLAISES
VOYAGE A FLORENCE

PARIS
BIBLIOTHÈQUE-CHARPENTIER
EUGÈNE FASQUELLE, ÉDITEUR
11, RUE DE GRENELLE, 11

1905

Extrait du Catalogue de la BIBLIOTHÈQUE-CHARPENTIER
à 3 fr. 50 le volume
EUGÈNE FASQUELLE, ÉDITEUR, 11, RUE DE GRENELLE

VOYAGES

ARÈNE (Jules)	La Chine familière ....
BERNARD (Fernand) ...	L'Indo-Chine ....
BERR (Émile)	Chez les Autres ....
BONNETAIN (Paul)	Au Tonkin ....
BOURDE (Paul)	A travers l'Algérie ....
BOURDON (Georges)	En écoutant Tolstoï
CARLA SÉRENA (Mme) ..	Les hommes et les choses en Perse ....
—	Seule dans les steppes ....
COTTEAU (Edmond)	Promenades dans les deux Amériques ....
DUTEMPLE (Ed.)	En Turquie d'Asie ....
ERNOUF	Du Weser au Zambèze ....
FERRY (G.)	Scènes de la vie sauvage au Mexique ......
FOURNEL (Victor)	Voyages hors de ma chambre ....
FRANCE (H.)	Sac au dos à travers l'Espagne ....
FRESCALY (Lieut. Palat)	Journal de route ....
GAUTIER (Th.)	Voyage en Russie ....
—	Voyage en Espagne ....
—	Voyage en Italie ....
—	L'Orient ....
—	Constantinople ....
—	Loin de Paris ....
GÉRARD DE NERVAL ..	Voyage en Orient ....
GONCOURT (Edmond et Jules)	L'Italie d'hier (illustré) ....
HESS (Jean)	La Catastrophe de la Martinique (illustré) ..
HURET (Jules)	En Amérique : De New-York à la Nouvelle-Orléans. — De San-Francisco au Canada ..
JEANNEST (Ch.)	Quatre années au Congo ....
LEMAY (Gaston)	A bord de la Junon ....
MONCHOISY	La Nouvelle Cythère ....
MONTEIL (Edgar)	Le Rhin allemand ....
REINACH (Joseph)	Voyage en Orient ....
SERVIÈRES (Georges) ..	Cités d'Allemagne ....
SILVESTRE (Armand) ..	La Russie (illustré) ....
SIMONIN	Le Grand-Ouest des États-Unis ....
—	A travers les États-Unis ....
TCHENG-KI-TONG (Général)	Les Plaisirs en Chine ....
—	Le Roman de l'homme jaune ....
—	Les Parisiens peints par un Chinois ....
—	Mon Pays ....
THOMAS ANQUETIL ..	Aventures et chasses dans l'Extrême-Orient.
	1re partie : Hommes et bêtes ....
	2e partie : Le sport de l'éléphant ....
	3e partie : La chasse au tigre ....
WEISS (J.-J.)	Au Pays du Rhin ....

18594. — L.-Imprimeries réunies, rue Saint-Benoît, 7, Paris.

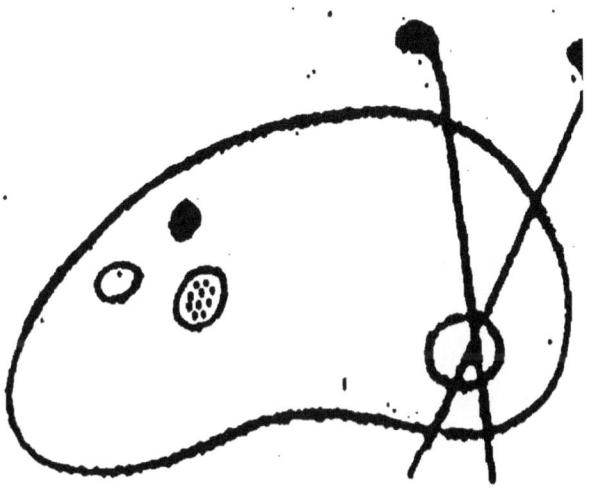

Fin d'une série de documents
en couleur

LE CHALET

DANS LA MONTAGNE

DU MÊME AUTEUR

SYLVIE OU LES ÉMOIS PASSIONNÉS, poème en prose.

CHAIR, poème en prose.

EXPOSÉ DU NATURISME (*épuisé*).

ESSAI SUR L'AMOUR.

LA BEAUTÉ MODERNE, essai.

LES MARGES, Gazette littéraire (chez Floury).

LES CŒURS MALADES, roman.

PROCHAINEMENT

LA TURQUE, roman.

LE FRUIT DÉFENDU, roman.

LA MAITRESSE AMÉRICAINE — LIETTE ET SA MÈRE — POUPOUN
— LA FEMME NUE, nouvelles.

TYPES.

Paris. — L. MARETHEUX, imprimeur, 1, rue Cassette. — 10411

EUGÈNE MONTFORT

LE CHALET

DANS

LA MONTAGNE

— VOYAGES VRAIS ET IMAGINAIRES —

PARIS

BIBLIOTHÈQUE-CHARPENTIER

EUGÈNE FASQUELLE, ÉDITEUR

11, RUE DE GRENELLE, 11

1905

L'auteur avait projeté de réunir dans un livre seulement des impressions de voyage personnelles. Altérant ce premier dessein, il joint à ses notes deux nouvelles, pour la raison que, dans ces nouvelles, il a enchevêtré une intrigue imaginée et des sensations de voyageur réelles.

L'anecdote inventée ajoutée à l'impression vécue n'enlève rien à celle-ci de son bouquet particulier. Et il ne semble point que le lecteur puisse se plaindre de trouver un peu de fiction avec de la réalité. L'art uni à la nature ne fut-il point toujours aimable ? Une couronne de roses sur le front d'un marbre dans un parc, au bal une jolie fille et sa parure, quels menus spectacles sont plus savoureux ?...

LE CHALET DANS LA MONTAGNE

AU PROFOND ET DOULOUREUX

JEAN MORÉAS

hommage de fervente amitié.

LE CHALET
DANS LA MONTAGNE

I

Nous avions quitté La Grave vers cinq heures. Onze kilomètres seulement nous séparaient du col du Lautaret, mais, avec la côte continuelle de cette route de montagne, les chevaux ne pouvaient aller qu'au pas, et nous arriverions tout juste avant la nuit. La route longe un précipice au fond duquel la Romanche roule ses eaux bouillonnantes;

de l'autre côté du torrent, c'est le glacier de
la Meije vous écrasant de son énormité, majestueux, et dont les surfaces de neige éternelle supportent le ciel.

Je me trouvais dans une voiture publique,
un de ces cars alpins qui font tout le Dau-
phiné et qui rendent de si grands services.
On était en été. Les autres voyageurs se
déplaçaient comme moi par plaisir; nous
échangions nos réflexions, tous tombaient
d'accord pour s'émerveiller de cette route
qui, partant de Vizille, s'élève au Galibier, à
2.658 mètres d'altitude, par un long ruban de
douze lieues à travers les plus beaux glaciers
du Pelvoux... J'allais me reposer deux jours à
l'hospice du Lautaret, puis je redescendrais
par la Maurienne à Saint-Michel où je pren-
drais le train pour Modane; à Modane, j'avais
rendez-vous avec un ami pour entrer ensemble en Italie et y voyager. Avoir vingt ans et
être en voyage, quel bonheur! Aussi j'étais

certainement le plus enthousiaste des passagers.

Nous roulions, lentement... A un certain endroit la Romanche nous abandonna pour se perdre dans une gorge ouverte tout à coup dans la montagne : nous traversions un plateau formé de mamelons dont le maigre gazon était parsemé de fleurs sans parfum, aux formes farouches, aux couleurs indécises, qui ne viennent que sur les sommets... Puis ce fut une courte pente. Un clocher apparut, et l'on dépassa un village misérable...

Cependant le ciel s'était couvert de nuages, et, malgré la proximité des neiges, l'air étouffait. Des brumes s'effilochaient, traînant sur la montagne; par places, elles cachaient tout, puis là-haut, là-haut, elles se trouaient et l'on apercevait un pic; on ne s'expliquait pas qu'il appartînt à la terre.

Aucune maison; nul passant; le pays désert comme au bout du monde. On ne voyait rien d'humain, mais seulement des roches, de l'herbe jaune, de la glace et des nuées. On n'entendait que le bruit des cascades dans un silence lourd et inquiétant. Les nerfs étaient tendus par l'expectative de l'orage.

Il éclata! Les chevaux abordaient les lacets de la côte au bout de laquelle s'élève l'hospice. Tout à coup, des trombes d'eau furent précipitées du ciel déchiré, une rafale passa, soulevant et arrachant nos bâches; trempés en un clin d'œil, nous courbâmes le dos, terrifiés. Les chevaux s'étaient arrêtés, ils hennissaient, la crinière flottante, et cambraient leurs jarrets pour résister à la tempête. Puis, sur l'insistance du cocher, ils se remirent en marche, traînant une voiture gémissante et qui tanguait comme une barque... Quand nous arrivâmes, il faisait nuit. Un coup de vent nous porta jusque devant l'hospice et nous débarquâmes au bruit du tonnerre.

Sous une sorte de hangar, encombré de

malles et de valises, des gens se pressaient
dans le noir. Au fond l'on voyait des lumières.
Cela semblait vaguement un quai de chemin
de fer; c'était un brouhaha et un remuement
d'ombres qui se penchaient vers les arri-
vants.

Je passai sous ce hangar et je me précipitai
au bureau pour me faire donner un lit, ce
qui fut laborieux, car l'hospice était plein.
J'obtins cependant, dans un vaste chalet en
sapin où l'on me conduisit, une belle chambre, mais elle se trouvait sous le toit; il y
pleuvait, et l'on avait cloué la fenêtre parce
qu'elle fermait mal; néanmoins je m'estimai
heureux, car tels de mes compagnons de voiture n'étaient pas encore logés et je les entendais dans les couloirs du chalet, discuter
avec l'hôtelier. Un peu ahuri par cette étape
et par cette arrivée, tout mouillé, je me mis
en devoir de me changer pour descendre à la
table d'hôte.

1.

... En bas, je tombai en plein désordre. L'affluence inattendue des voyageurs affolait les maîtres et le personnel. Les salles à manger étaient combles, et tout le monde n'avait pu se placer. Il allait falloir servir un second dîner.

Où me fourrer pour l'attendre? — je regagnai le grand chalet d'où je venais. Il comptait deux étages; n'ayant rien à faire dans ma chambre, je m'arrêtai au premier. Dans le couloir qui était large, on avait placé en face de l'escalier une table et un fauteuil d'osier. Je m'enveloppai de mon plaid, et, ma casquette de voyage enfoncée sur les yeux, m'assis. Une lampe à pétrole accrochée au mur éclairait à peine, perdant sa petite lumière dans ce boyau profond.

J'entendis bientôt un pas léger. On montait. Une femme, que dans cette presque obscurité je devinai souple et gracieuse, parut : elle eut un mouvement de surprise en voyant

tout à coup dans le fauteuil ma silhouette in-
forme et inattendue; puis elle passa et entra
dans la première chambre; — elle ressortit
peu après et redescendit... Je songeai en souriant à l'étrange aspect que j'avais dû lui pré-
senter, tassé, masse immobile et sombre, dans
cette galerie déserte; je me flattais d'avoir au
moins frappé l'esprit de l'inconnue...

Mais le premier dîner devait sans doute
tirer à sa fin, je retournai à l'hôtel... Je m'in-
stallai à une table que pour la circonstance, à
cause de la presse, on avait dressée dans une
petite pièce assez sale qui ordinairement servait de débarras, à en juger par l'imposante
famille de petits bancs, tous les petits bancs
de la maison, et l'armée de bouteilles vides
qu'on découvrait dans un coin. Un maître
d'hôtel au plastron couvert de taches faisait cir-
culer précipitamment le saumon sauce verte,
les poulardes et le filet, et je subissais d'une
oreille distraite les récits prévus de mes voisins.

Le repas terminé, j'allai fumer un cigare
sous le hangar de l'arrivée, où l'on servait le
café. J'étais surpris de trouver une telle foule
au milieu d'un désert. Ce va et vient, cette vie,
cette animation, tout à coup, en plein col du
Lautaret, dans la grande montagne, dans un
endroit de plus de deux lieues distant de toute
habitation, offrait quelque chose de paradoxal
que je savourais philosophiquement. Le plastron maculé versait le café. J'avais sous les
yeux le plus singulier mélange d'individus
qui se puisse rencontrer; tout était venu cam-
per dans cet hospice : des gens en smokings
et vernis comme dans un hôtel d'Aix, à côté
d'intrépides marcheurs en vestes à ceinture,
bas épais, souliers ferrés, et de calicots en
flanelle comme à la mer, des clubmen, des
boutiquiers en vacances, de jeunes Anglais,
des Allemands à lunettes, deux curés...

Des groupes s'étaient formés, on bavardait.
A côté de moi, trois messieurs et deux dames

parlaient de la dernière pièce de Capus. Un
peu plus loin, un homme à gros souliers expliquait comment on devait aborder le Mont-
Blanc. Ailleurs, un personnage, la boutonnière
fleurie d'une rosette verte, disait qu'on pourrait bien faire un écarté, et les deux curés
s'entretenaient de M. Combes.

Ce que j'avais pris tout d'abord pour un
hangar était une terrasse couverte placée devant la maison et protégée par deux ailes
dont l'une abritait le salon, l'autre la salle à
manger. Je compris la disposition de tout cela
le lendemain au jour. Devant la terrasse passait la route; deux grands chalets s'élevaient
en face, et, à droite, des remises; entre ces
diverses constructions, la route élargie formait comme une place : elle arrivait de
droite en montant, passait, puis filait en redes-
cendant à gauche. L'hospice-hôtel était donc
bâti sur une éminence... A l'origine, il n'existait qu'une maison ici, on y hospitalisait les

voyageurs. Puis ces derniers étaient devenus
si nombreux que l'unique maison s'était aug-
mentée des deux chalets et l'hospice du col
du Lautaret transformé en hôtel.

Maintenant il faisait beau, des étoiles, mais
c'était une nuit sans lune. Sur la place, des
ombres allaient et venaient; quand elles se
montraient devant nous, elles s'éclairaient un
peu, puis elles replongeaient dans le noir.

J'avais bu mon café, les conversations continuaient à manquer de surprise, je quittai
mon fauteuil et me dirigeai vers le vestibule où je voyais de la lumière et du mouvement. Là se trouvait un placard où étaient dis-
posées toutes les lettres des voyageurs; on
l'entourait, chacun regardait s'il n'y avait rien
pour lui. Je revis mon inconnue de tout à
l'heure. Elle était charmante, comme je
l'avais devinée dans la pénombre, élancée et
gracieuse; devant la glace, elle arrangeait sur

ses cheveux un léger fichu de mousseline
rose; une robe de ville de tulle noir faisait
valoir la souplesse de sa taille. Je me demandai si elle était seule. Autour d'elle personne ne paraissait la connaître; mais je remarquai près de la porte quelqu'un qui ne la
perdait pas de l'œil : un gentleman à culottes
courtes, à beaux mollets, grand, face inso-
lente de bel homme professionnel, un peu
mûr cependant et la peau détendue.

Avant de me coucher, je me décidai à aller
comme les autres faire les cent pas devant
l'hôtel, ce qui paraissait être ici l'habituelle et
l'hygiénique distracti_n d'après dîner. On ne
soupçonnait pas le voisinage des montagnes,
tout était obscur; mais en s'éloignant un peu
de la terrasse, on entrait dans un grand silence
et dans une paix profonde. J'allais et venais, les
mains dans mes poches, un peu vite, car il ne
faisait pas chaud; je croisais des gens qui parlaient de cures d'air, de traitements et de mé-

decins. J'aperçus la jeune femme au fichu rose,
elle était décidément seule, elle marchait en
chantonnant d'une voix douce et jolie. Je ne
sais pourquoi j'arrêtai aussitôt dans mon
esprit que c'était là une actrice, sans doute à
cause de sa robe noire qui m'avait d'abord
donné l'impression d'être un p u théâtrale
pour cette simple halte, et parce que maintenant elle chantait. J'eus envie de lui parler,
je la suivis, mais elle ne s'écartait pas de la
terrasse, et nous étions entourés. Je la perdis
un instant et ne la retrouvai plus. Puis je
crus la reconnaître, assise sur le talus de la
route et causant avec l'affreux bel homme un
peu mûr.

II

Le lendemain, je descendis de bonne heure.

Le temps était magnifique, on était enveloppé par le merveilleux spectacle des montagnes dans le ciel pur. Je m'éloignai de l'hôtel à travers l'herbe humide. Des deux côtés, les énormes chaînes m'escortaient, à droite couronnées de glace éblouissante, à gauche, au contraire, formant une muraille

2

de roc aride, desséché, rose à cause du soleil matinal, représentant à mes yeux quelque mont africain. Le col est parsemé de petites bosses élevées de dix ou douze mètres; je gravis l'une d'elles et, de là-haut, je découvris à mes pieds tout le fond. Quelle solitude, quelle paix, quelle grandeur, quelle beauté ! Je contemplais l'étendue verte, le rocher noir, les espaces de neige, ce désert immense et rempli de soleil, et je sentais mon âme s'épanouir. Loin d'une existence factice, respirer au milieu de la lumière, dans l'éternelle vérité des choses! j'avais envie de chanter, de chanter à pleine gorge. Ivre, ébloui, je n'étais plus, comme un sauvage, qu'élans d'amour pour tout.

Je m'étais étendu, je mâchais rêveusement la tige d'une petite fleur, et je me laissais pénétrer par la farouche allégresse de la vie énorme et immobile qui m'entourait. Mon regard courait sur la crête des monts, glis-

sant sur les mares et les cuvettes de neige,
volant vers les flocons accrochés aux aspérités,
tombant sur la glace collée aux pentes. Je considérais la montagne, ici comme une échine
de bête, et là comme une mamelle, lourde
tour ailleurs, plus loin lame effilée. Puis mon
regard montait jusqu'au sommet, et je rêvais
à là-haut, là-haut!...

Redescendu, je retrouvais les petites maisons tapies sur le bord de la route, au milieu
du col; la route venait de là-bas et s'en allait
là-bas; on passait, les petites maisons regardaient : elles regardaient passer qui venait
de loin, qui s'en allait loin et qui ne revien-
drait jamais. Trois maisons perdues dans un
col entre deux montagnes.

Je suivais de l'œil une voiture. Depuis
une heure elle avait abordé la côte que l'hospice domine, et elle semblait toujours à la
même place, tournant, suivant patiemment
les lacets.

Que tout cela était calme! que tout cela
reposait, purifiait!

Beaucoup de monde sur la terrasse quand
je revins; un grand monsieur maigre et voûté
faisait de l'esprit d'une voix sèche au milieu
d'un groupe de dames qui riaient très fort,
— le bel homme un peu mûr accomplissait
des effets de torse d'un air satisfait, je cons-
tatais qu'il était marié : une personne assez
rebondie parlait de lui, en disant « mon
mari ». Des gens appuyés sur des alpen-
stocks regardaient fièrement l'assistance.

Comme, dans la matinée, il s'était produit
des départs, je laissai ma chambre où il pleuvait, et je me fis descendre au premier étage.
On m'y donna la deuxième chambre après
l'escalier. Mais n'était-ce pas à côté même
qu'hier soir j'avais vu entrer l'inconnue? Je
collai mon oreille au mur : personne pour
l'instant. Il y avait une porte de communica-

tion dans la cloison, je la tirai, mais par derrière je trouvai une seconde porte, celle-là fermée et s'ouvrant de l'autre chambre.

On sonna le déjeuner : je sortis. J'aperçus mon inconnue que je suivis. Elle mangeait seule à une petite table. Je pus m'installer à la table d'hôte de façon à être en face d'elle, et je commençai à la regarder opiniâtrement. Elle était fort jolie. De lourds cheveux fauves, le nez un peu fort, une bouche voluptueuse et de grands yeux mélancoliques, très doux, très beaux. Je voyais son visage entre l'épaule d'un monsieur et le profil d'une dame. Je ne levais les yeux de mon assiette que pour les diriger sur elle; je cherchais son regard, elle évitait le mien. Mais mon insistance ne semblait point, toutefois, l'importuner.

Après le déjeuner, je m'établis encore vis-à-vis d'elle. Allongée dans un rocking-chair, sur la terrasse, elle lisait. Par-dessus les têtes qui nous séparaient, mon regard la rejoignait;

2.

elle paraissait ne voir que son livre, mais je savais bien qu'elle me voyait. Mon regard lui disait : « Que vous êtes jolie! que votre pose est gracieuse! J'aime votre bouche, vos yeux, votre cou, vos bras, vous tout entière. » Et au milieu du bruit des voix mes louanges silencieuses montaient caresser son cœur.

A trois heures, elle traversa pour se rendre à notre chalet. J'attendis quelques instants afin qu'on ne remarquât point mon départ derrière le sien, puis je regagnai, moi aussi, ma chambre... Oui! c'était bien elle à côté, je l'entendais chantonner. Elle marchait çà et là; puis elle s'arrêtait. Cette vie, tout près! je retenais mon souffle, et, l'oreille contre le mur, j'écoutais, j'écoutais...

Elle sortit. Ses pas descendirent l'escalier, s'éloignèrent. J'étais assis sur mon lit, ému; par la fenêtre je voyais le ciel et la montagne... Donc, elle était ma voisine! le sort le voulait. J'ouvrais ma porte, elle ouvrait la sienne, nous étions l'un chez l'autre sans que personne pût rien voir, rien soupçonner. Si tout, par hasard, s'était si favorablement disposé, c'est que le destin s'en mêlait. Je regardai dans le couloir : personne. Vite, j'entrai chez elle... Sur les chaises, ah! ce fouillis exquis de linge, de dentelles, ce rose, ce bleu pâle, ces couleurs tendres et le parfum qui s'en dégage!... Je courus à la porte de communication, je tirai son verrou, puis revins précipitamment chez moi.

Ainsi la double porte n'était plus fermée. Cette cloison ne me séparait plus d'elle véritablement. Au milieu de la nuit, je pouvais de ma chambre passer dans la sienne!

Ce qu'il fallait maintenant, c'était me mettre à sa recherche, la trouver, lui parler, enlever une conquête que la fortune m'envoyait, me hâter de cueillir cette aventure

embaumée comme l'églantine sauvage et
comme elle éphémère.

J'avais pris un livre sous mon bras. Je suivis
la route en regardant de tous côtés. Bientôt
je l'aperçus; elle n'était pas allée loin, elle
était étendue dans l'herbe, au bord d'un petit
sentier tracé par le pied des passants, et elle
lisait. L'occasion était excellente. Je m'appro-
cherais d'un air indifférent, je m'arrêterais et
lui adresserais quelques mots. J'avançais doucement afin de dissimuler ma hâte. Mais un
homme se montra sur la route; alors je m'assis
et j'ouvris mon livre pour attendre qu'il fût
passé. Cependant, relevant les yeux, avec sai-
sissement je reconnus dans le fâcheux mon
insupportable bel homme un peu mûr. Il vit la
jeune femme, se redressa, mit le poing sur la
hanche, puis marcha à elle et la salua, puis lui
parla. Ah! ce sourire d'une fatuité exaspérante!
Elle répondait. Bientôt elle se leva et ils remon-
tèrent ensemble dans la direction de l'hôtel.

J'étais furieux. Je partis dans la plaine à grands pas. J'allais réussir, c'était sûr, et il avait fallu que cet imbécile survînt à cet instant. Au diable!... J'étais en colère aussi contre la charmante inconnue. Qu'était-elle? Que faisait-elle ici toute seule? Sans doute une petite cabotine cherchant des amis. Ou peut-être même la maîtresse de ce monsieur, et qu'il avait amenée au Lautaret en même temps que sa femme? C'était encore possible.

Je méditais rageusement en massacrant à coups de canne les fleurs au milieu desquelles j'avançais; tout à coup je m'interrompis : elles n'étaient pas laides, ces fleurs! C'était de grosses boules noires, chevelues, d'un caractère barbare et inquiétant; je me mis à en composer un bouquet, je cueillis aussi des œillets de montagne, un peu plus loin je rencontrai des edelweiss, et j'en ramassai quelques-uns. J'étais calmé, je revins du côté de l'hôtel, guidé encore par le désir de revoir l'inconnue.

Elle était sur la terrasse, il y avait justement place près d'elle. Cette fois je no laisserais pas échapper l'occasion ! Je m'assis dans le fauteuil voisin du sien, j'arrangeai mes fleurs devant moi, puis, tout de suite, me penchant, je lui demandai la permission de lui en offrir quelques-unes. Elle sourit en m'entendant. Et son sourire disait : « Enfin, vous êtes heureux ? Vous voilà donc à vos fins... » Ce fut assez familier. Si nous ne nous étions pas parlé encore, déjà nous nous connaissions, puisque je l'avais beaucoup regardée, ce qui l'avait obligée à penser à moi ; et je ne faisais que poursuivre tout haut une conversation entreprise par mes yeux dès ce matin.

Un orage arriva ; nous nous réfugiâmes au salon. Nous étions près de la fenêtre ; je soulevais le rideau et nous considérions la pluie.

Je lui demandais si elle avait peur du tonnerre
et je disais des riens, mais d'un accent tendre
et en la regardant dans les yeux. Il y eut une
éclaircie, nous ressortîmes. Puis ce fut l'heure
du dîner. Comme le déjeuner, il se passa, elle
à sa petite table, moi à la table d'hôte et ne
la quittant pas des yeux; mais ce soir, de
temps en temps, elle me regardait et elle me
souriait. Je remarquais cependant que l'expression de son visage était triste.

III

Après dîner je m'empressai de la rejoindre. Je lui proposai un tour sur la place, mais elle refusa, de crainte, dit-elle, de faire bavarder tous ces gens.

Je m'assis à son côté. Nous étions dans une presque obscurité, en un coin de la terrasse, et nous parlions à mi-voix. Elle se plaignait d'être seule, elle s'ennuyait; elle lisait,

mais la journée est longue ; puis tous ces
étrangers qui vous regardent avec une curiosité méchante ; et elle était en butte aux galanteries fastidieuses de l'homme aux beaux
mollets : heureusement que son mari allait
bientôt revenir, elle l'attendait impatiem-
ment...

Mariée ! Elle était donc mariée ! Dès les
premiers mots j'avais compris que depuis hier
je m'égarais. Ce n'était point ce que j'avais
imaginé, pas le moins du monde une actrice,
pas légère... Mais l'hommage persistant de
mes regards, ma recherche obstinée avaient
touché son amour-propre : je devais continuer... Je m'exclamai :

— Tant d'impatience ! Ne pouvoir pas
supporter trois jours d'absence !... C'est
de la passion ! Vous aimez trop votre
mari. Vous avez tort, vous serez malheureuse...

— Eh non ! Je ne l'aime pas trop ; mais

toute seule ici, c'est mourant! dit-elle avec un bel accent du Midi.

Et alors elle me raconta, abondamment, comme une femme à laquelle le silence trop longtemps gardé est devenu intolérable, et qui déborde, comme une enfant, en toute franchise, avec une confiance extraordinaire, — elle me raconta qu'elle était mariée depuis un an, que d'abord elle n'aimait pas son mari, puis que, peu à peu, il avait été si gentil, elle s'était mise à l'aimer, et qu'ils voyageaient beaucoup, et qu'ils venaient de Suisse, et qu'ils allaient repartir...

Je l'écoutais; à la façon dont elle parlait de ce mari, il me semblait qu'elle cherchait à se persuader à elle-même qu'elle l'aimait. Et l'expression mélancolique de ses regards, à table, me revenait.

— Vous êtes bien heureuse? dis-je. Pourtant vous êtes triste... Je l'ai vu, cela se lit dans vos yeux...

Elle ne répondit pas.

Alors je lui parlai de sa voix que je trouvais rêveuse et exquise.

— Je chante quand je suis seule...

— Vous aimez à être seule?...

— Oui...

— Pour penser à votre amour...

« Ah ! je n'ai pas d'amour ! » s'écria-t-elle dans un vrai cri du cœur que je recueillis, et qui m'autorisa à continuer :

— Alors, pour rêver à la tristesse de n'avoir pas d'amour, et pour vous abandonner à la douceur d'en espérer un ?

— Oh non ! puisque j'aime mon mari... fit-elle, naïve.

Elle n'avait pas d'amour, et elle aimait son mari, cela signifiait qu'elle n'avait pour lui que de l'affection. Et sa tristesse était née de l'insuffisance de ce sentiment à remplir son cœur : c'était bien simple.

— Vous attendez un grand amour? dis-je d'un ton pénétré.

— Pourquoi? Mon mari est bon, et il est très bien, vous verrez.

— Oui. Mais il est votre mari...

— Et pourquoi changer? pour trouver plus mal?

— Justement. On ne change pas pour trouver mieux. On change pour changer. C'est si monotone d'être marié !...

Cela n'était déjà pas si mal pour un cadet ! Mais cette vérité l'effarouchait peut-être un peu. La conversation tombait. Cependant, ô petite femme simple qui étiez près de moi dans l'ombre, et avec laquelle je venais d'avoir une conversation à la fois banale et savoureuse comme tout dialogue entre inconnus, déjà je vous connaissais tout entière !

Je ne sais comment, dans la suite, je parlai de lui lire dans la main. Elle eut un élan : « Ah ! vous pourriez me dire mon avenir ! »

qui, définitivement, me fixa. Une enfant qui attendait que quelque chose apparût dans sa vie... Oui elle était à point pour l'aventure. Qu'il était déplorable de ne disposer que de deux jours ! Il eût suffi de se baisser pour la cueillir. Naïve, jeune, sentimentale ! Pauvre petit cœur !... Mon Dieu ! le sot mari qui la laissait toute seule !

Je lui dis bonsoir et me retirai. Le bel homme, qui, tout le temps de notre conversation, s'était promené de long en large en nous regardant, se précipita sur-le-champ. Mais elle ne lui resta pas longtemps : car à peine étais-je dans ma chambre que j'entendis son pas dans le couloir ; je sortis pour la saluer : elle me fit un salut sec, entra rapidement chez elle et ferma sa porte à clef. Apparemment la confiance ne régnait point, elle craignait que je n'abusasse de la situation, elle voulait couper court à toute tentative.

3.

« Que c'est désolant! me dis-je avec ma fougue de page. Tout est admirablement ordonné pour passer une nuit charmante. Et il y faudra renoncer!... C'est là une femme toute neuve; elle ne peut guère se prendre en deux heures; elle est un peu farouche : il faudrait au moins huit jours. Désolant!... »

Une autre, une femme si peu que ce fût expérimentée, n'eût point manqué de mettre à profit la disposition si propice et si rare de nos chambres ; cela fournissait l'occasion d'une aventure unique, de l'une de ces aventures rêvées qui ne laissent aucune trace. Se rencontrer dans cette solitude, loin de tout, où l'on est inconnu à tous, avec un garçon ni trop vilain ni trop sot (ô fatuité des vingt ans!), l'avoir comme voisin, la nuit ouvrir simplement la porte intérieure de sa chambre, et ne pouvoir être soupçonnée par personne!... Et le lendemain, reprendre sa route, avec le souvenir d'une belle nuit, plus belle sans doute, inoubliable à cause des paysages merveilleux au milieu desquels la mémoire la devait placer...

Que n'avais-je pour voisine une telle femme ! Une femme qui eût apprécié la valeur d'exception des circonstances ! C'était à une femme de ce genre qu'hier j'étais persuadé d'avoir affaire, une actrice, pensais-je, et là-dessus s'était élevé mon projet.

Mais au lieu d'une personne légère et adroite, je me trouvais en présence d'une nature vraie, sentimentale, et dans une crise psychologique. Je discernais bien tout ce que j'y gagnais — pas pour ma nuit toutefois (et même, au fond, y gagnais-je, puisque je n'avais le temps de profiter de rien ?).

Enfin, tant pis. Tant pis, car elle était charmante. Quelle franchise ! quelle vérité ! Je repensais à notre conversation. Évidemment l'abandon, l'ennui, avaient ouvert son cœur, l'avaient disposée elle-même aux con-

fidences... Son silence quand je venais de
dire une phrase sur l'amour! Par hasard
être tombé tout de suite sur la pensée dont
cette vie se nourrissait... Elle pensait à
l'amour, sans consentir d'ailleurs à se
l'avouer, elle l'attendait, rien ne pouvait
donc être plus exact et plus intéressant
pour elle que mes réflexions sur son propre goût pour la solitude, sur son attente,
sur le sentiment qui était au fond d'elle-
même... En la connaissant à peine, il s'était
trouvé qu'aussitôt j'avais exprimé tout son
secret, que je l'avais devinée; j'en étais certain, cela l'avait frappée; et cette âme naïve
et si rêveuse allait s'intéresser à moi parce
qu'elle s'était sentie comprise. Délicieux.
Mais il faudrait partir, après-demain!

J'avais mis mes chaussons. J'allais et venais
sans bruit, en réfléchissant, à la lumière triste
de ma bougie. De l'autre côté de cette cloison, il y avait une femme exquise, elle était

seule, je venais de causer avec elle toute la
soirée, et dire que ce serait si facile, si facile
— une porte à ouvrir — et tellement sans
danger! Moi je resterais là tout seul de ce
côté-ci, quand de l'autre côté... Non, c'est
une idée à laquelle je ne pouvais pas me sou-
mettre... j'en avais la tête échauffée. C'est
que j'en étais amoureux, de ma jolie ingénue!
Quels cheveux! — une chevelure abondante
de créature passionnée! Quelle bouche, quels
yeux langoureux, et ce corps! exquis, allongé,
souple et flexible comme une liane... Adorable!

Je collai mon oreille au mur. Je l'entendais remuer! J'entendais ces mille bruits
mystérieux d'une existence toute proche; des
froissements d'étoffe, des gestes, des chaises
poussées, des pas... Que faisait-elle? Elle devait se déshabiller, elle était sans doute en
jupon et en corset, et je la voyais, les bras
nus, le cou nu, les cheveux sur les épaules.

Oh! ouvrir! la prendre dans mes bras! Mais jamais je n'aurais osé. Et si je m'y étais décidé, qu'aurait-elle fait? Elle eût crié, m'eût mis dehors. Sa façon de rentrer chez elle tout à l'heure m'enlevait tous les doutes que j'aurais pu former sur sa vertu.

Je l'écoutais... je l'entendis se coucher, je l'entendis souffler sa lumière. Et je me la représentai au lit, son joli corps allongé sous les draps...

IV

Le lendemain, je me levai à six heures. J'avais bien mal dormi. Je poussai les volets : un temps admirable ; ma chambre, située au levant, s'emplit de soleil ; tout. clairs les murs, le parquet, le plafond de sapin verni brillèrent. Il faisait frais ; cependant je me mis à la fenêtre et je regardai les montagnes en fumant une cigarette. Que c'était beau, et,

si elle voulait, ma voisine, quelle journée
nous passerions! Mais je pensais, aussi, rem-
bruni, que demain soir j'avais rendez-vous à
Modane!

Je commençai ma toilette, qui dura une
grande heure et que je fis avec une minutie
particulière. Qui sait ce qui arrivera aujourd'hui? pensais-je, et longuement je
m'ébrouais dans l'eau froide. Puis je regardais le jeune soleil, et dans le matin le ciel
limpide comme du cristal.

Que je m'étais levé tôt! Je n'entendais rien
bouger dans le chalet... Je serais volontiers
descendu, ce que je voyais dehors m'attirait,
mais je ne m'y résolvais point : ici, j'étais
près d'elle, elle était là, étendue dans son lit,
derrière cette cloison; dès qu'elle remuerait,
je l'entendrais, elle était là — là! et cette
pensée dans mon imagination s'aiguisait de
tous mes désirs, de tout mon espoir, et me
donnait un trouble que je préférais au plai-

sir d'errer dans le plus beau des paysages.

J'avais tiré ma porte de communication qui
avait craqué en s'ouvrant, et je tremblais
qu'elle n'eût entendu : pourquoi tant de timidité? j'aimais donc?... J'écoutais, séparé de
sa chambre seulement par l'épaisseur de sa
porte à elle. Et je l'entendais respirer, c'était
comme si j'eusse été chez elle, j'entendais son
souffle! Elle était là... Couchée!... Elle respirait... Oh! si j'ouvrais, si j'ouvrais la porte!...

Et je restai, oreille collée, à écouter, les
yeux hagards! Combien de temps? Je l'ignore.
Elle dormait, j'entendais sa respiration régulière. Puis elle fit un grand soupir et elle se
remua dans son lit; je compris qu'elle était
éveillée. J'avais envie de lui parler, mais je
craignais de lui déplaire en me rappelant tout
d'un coup, tout de suite à sa pensée, et aussi
que la gênât l'idée que j'étais si près d'elle,
que je l'entendais si bien, que j'étais si mêlé
à l'intimité de son existence. Je conservai

4

donc mon immobilité et mon silence, et je
continuai à épier passionnément sa vie. La
femme de chambre entra. J'entendis un dialogue, et la voix encore endormie et comme
brisée de la maîtresse qui dit d'ouvrir les
volets, puis qui admira le beau soleil et qui
commanda de poser sur son lit le plateau
du thé. La femme de chambre sortit. Alors
je m'enhardis; maintenant qu'elle avait re-
pris la conscience des choses et que ses rêves
de la nuit étaient éloignés, je pouvais me rappeler à elle dans toute mon imparfaite réalité.

— Bonjour! dis-je. Vous avez bien dormi?

— Oh! mais, où êtes-vous donc?... Vous
m'avez fait peur. On dirait que vous parlez
dans ma chambre. Vous avez donc ouvert
votre porte?...

— Oui, je l'ai ouverte pour être plus près
de vous.

— Et à quoi cela vous avance-t-il?

— A croire que je suis avec vous, chez

vous... Je suis levé depuis deux heures...

— Et que faisiez-vous? Je ne vous ai pas
entendu!

— Je vous écoutais dormir.

— Je ronfle donc?

— Non. J'écoutais au contraire votre
souffle pur comme celui d'un enfant, et je
vous adorais comme une enfant.

C'était charmant, ce dialogue à travers la
porte. Je me l'imaginais dans son lit, le drap
à moitié rejeté, la chemise entr'ouverte, ses
beaux cheveux défaits, ses grands yeux regardant l'endroit d'où venait ma voix, et écoutant
et me répondant.

Je reprenais :

— Savez-vous qu'il fait un temps mira-
culeux?... Il faut vous lever.

— Pourquoi faire?

— Pour venir vous promener...

— Oh non! Je suis si bien là, si bien! mur-
murait-elle paresseusement.

Et je pensais qu'elle s'étirait, je voyais en moi-même son joli geste, et j'avais encore une furieuse envie d'enfoncer la porte. Mais je me contenais, et je faisais ma parole caressante pour la supplier de se lever.

— Ah! la paresseuse! C'est une honte de rester au lit par un aussi beau soleil. Voulez-vous que j'aille chez vous? Je vous aiderais à vous lever, je vous habillerais, vous verriez quelle femme de chambre empressée je serais. Oh! mon bonheur à démêler vos cheveux! Comme je saurais bien vous lacer! Et qu'humblement je me jetterais à vos pieds, pour vous mettre vos souliers!...

— Vous êtes fou!

— Oui fou, horriblement fou... Si vous croyez que ce n'est pas à rendre fou de passer la nuit si près de vous!

— Voulez-vous vous taire!

— Eh bien! levez-vous! levez-vous! Allons nous promener...

— Ah! non, par exemple! Me promener avec vous!... Mon Dieu, cela ferait un beau scandale!...

— Laissez donc dire. Venez.

— D'abord, je ne suis pas levée. Le temps que je me lève, puis que je m'habille, je ne serai pas prête beaucoup avant midi.

— Allons donc... Il suffit d'un peu de courage. Allons, une, deux et trois : debout!... Êtes-vous levée?

— Non.

— J'entre! J'entre et je vous tire du lit.

— Oh !

— Cela ne vous émeut donc pas, ce beau ciel bleu que vous voyez de vos draps? Cela ne vous donne pas envie de sortir, de marcher, de chanter, de vivre?...

Enfin je l'entendis se lever. Puis elle alla dans sa chambre en chantonnant. Ce qu'elle fredonnait, ah ! que c'était doux et que c'était rêveur! Je l'écoutais en retenant mon souffle,

4.

j'étais attendri. J'aurais voulu la baiser sur la bouche, sur sa bouche d'où jaillissait une âme si limpide.

Cependant elle était inquiète de ne m'entendre pas bouger et de mon silence. Elle s'arrêtait :

— Qu'est-ce que vous faites ? disait-elle tout d'un coup.

— Rien. Je vous écoute.

Mais de me sentir là, tapi dans un coin, invisible et aux aguets, cela lui causait un malaise. Elle n'osait plus remuer, elle n'osait plus chanter, elle n'osait pas faire sa toilette. Elle n'était plus libre. Elle aurait bien voulu que je m'en allasse, et je la compris.

— Ecoutez, dis-je, il faut combien de temps pour vous habiller? Une heure?

— Oui.

— Eh bien, je serai dans une heure au bas de la route.

— Bien.

— Vous viendrez?

— Oui.

— Sûrement?

— Sûrement.

Et j'allai m'allonger dans l'herbe avec un livre. Je comptais peu sur sa venue. C'eût été trop. Notre conversation de ce matin me semblait pouvoir être considérée déjà comme un grand progrès dans mes rapports avec elle. Et raisonnablement je ne devais pas aller plus vite que je n'avais été. Mais aussi je songeais tristement que demain soir j'avais rendez-vous à Modane, que je ne disposais donc plus que d'une après-midi, d'une soirée et d'une nuit, et que ce délai était fort insuffisant pour venir à bout d'une femme qui n'avait encore jamais eu d'amant.

Comme je le prévoyais, elle ne me rejoignit pas, et je la retrouvai seulement à l'heure du déjeuner.

V

Avec quel extrême plaisir je revis sa forme,
sa ligne et son visage ! Depuis hier ils étaient
si près et si loin de moi, je les entendais, je
suivais leurs mouvements dans mon esprit,
mais je ne les voyais pas ! Un mur m'en séparait. Leur présence était évidente, je la
savais, mais je ne pouvais pas la vérifier.
J'étais en face d'un rêve, d'un jeu de ma

pensée... tandis que, maintenant, *elle* était
là, devant moi, elle, dans sa forme et dans
son apparence, elle dans toute sa réalité,
et mes yeux touchaient ses beaux yeux, et
ma main avec sensualité serrait sa main.
Ah! qu'elle était délicieuse en effet, la fine et
souple enfant, et comme il était juste qu'elle
eût été l'objet, cette nuit et ce matin, de ma
préoccupation passionnée! Je la considérais
avec ravissement et je souriais, naturellement,
heureusement. Elle portait sur moi son regard
pur, doux, un peu inquiet et un peu triste.

Après déjeuner, je m'assis à l'écart afin
d'éviter de fournir un prétexte à la malice de
ceux qui se pressaient sur la terrasse. Elle
lisait, je lisais aussi et je me forçais à ne pas
trop la regarder; je supposais qu'elle allait
rester là une heure ou deux, comme la veille.
Mais bientôt, à ma grande surprise, elle se
leva tout à coup et disparut.

Je ne savais que penser.

Pourquoi ce départ? Où allait-elle? Elle s'était dirigée du côté de la route. Mais se promener de si bonne heure, au moment de toute l'ardeur du soleil! Je n'y comprenais rien, et j'étais déconcerté. Voilà qui dérangeait mes plans. Si je ne la voyais pas plus de l'après-midi que je ne l'avais vue de la matinée, elle était perdue pour moi, et c'était bien vainement que j'aurais dépensé tant de soupirs. Il fallait la suivre, la rejoindre! Oui, mais pouvais-je me lever derrière elle, et partir du même côté, sous les regards sournois et attentifs de toute cette société inoccupée! C'eût été nettement la compromettre. Je devais attendre. Et chaque seconde qui s'écoulait, elle s'éloignait, je risquais davantage de ne pas la retrouver. Je pensais à cela, indifférent à tout en apparence, sans bouger et le nez dans mon livre, mais me mordant les lèvres d'impatience. Je me con-

traignis à attendre dix minutes. Puis, nonchalamment, je me levai, debout je consi-
dérai quelques instants la société, sans hâte
et d'un œil vide; enfin, je me mis en marche
d'un pas languissant. Mais dès que je ne
fus plus en vue, je me redressai, je me précipitai...

Je regardais de tous côtés. Je ne vis rien. En
bas, à l'endroit où la route rejoint la montagne et la longe, elle pouvait avoir tourné à
droite ou à gauche. Cela était grave. Si je
poursuivais dans le mauvais sens, je passe-
rais des heures énervantes à la chercher
sans cesse, stupidement, et naturellement
sans aucune chance de la trouver. Mais
comment me décider? Comment s'était-elle
décidée elle-même? Selon quelles raisons?
Je l'ignorais et il m'était impossible, avec le
meilleur raisonnement du monde, de le
découvrir. J'étais fort perplexe, et je ne
trouvais rien qui me déterminât à m'en-

gager plutôt d'un côté que de l'autre...
J'avisai heureusement, à quelque distance
à gauche, deux casseurs de pierres; je m'approchai d'eux et leur demandai s'ils n'avaient
point vu passer une jeune femme. Ils réflé-
chirent : non, rien vu. Elle avait donc
tourné à droite. Je partis dans l'herbe au
galop, sautant les ruisseaux, franchissant
les mottes et les trous, léger, rempli de l'espoir de la rattraper. Mais je ne voyais que
la montagne, où tout se fondait dans une
immense lumière...

Enfin, là-bas, là-bas, sur un mamelon, je
crus distinguer un point noir qui se déplaçait.
Je ne discernais point si cela était un homme
ou une femme, ni même seulement si c'était
un être humain. Mais j'en étais sûr, cependant,
c'était elle; mon cœur enivré me le disait et
je redoublai ma course. Je courais, je courais,
je ne m'apercevais pas de l'air enflammé. Je
poussai bientôt un cri de triomphe, inondé

d'une joie énorme et simple, comme Pan
quand il voit qu'il a enfin gagné Syrinx, la
petite nymphe. Je venais de reconnaître la
couleur rose de son voile; c'était bien elle !
Maintenant je grimpais, glissant souvent sur
l'herbe sèche, courbé en deux, ardent et
obstiné. Elle était là-haut : je montais vers
elle. Et à mesure que je m'élevais, je domi-
nais plus de choses, le paysage devenait plus
grand et plus beau et mon âme plus heureuse. J'approchais, je la voyais maintenant
tout entière, marchant dans la lumière, infiniment gracieuse.

Au moment de l'aborder, une crainte me
saisit, et je m'arrêtai. Quel accueil allait-elle
me faire? Ne m'en voudrait-elle pas de l'avoir
poursuivie? Si elle était partie de cette façon,
après déjeuner, soudainement et comme farouchement, n'était-ce point parce qu'elle
désirait la solitude? N'allais-je pas la déranger, la contrarier? Aussitôt après le senti-

ment de victoire que j'avais éprouvé, une réac-
tion se produisait, je tremblais maintenant,
je redoutais sa froideur. J'étais incertain :
serait-elle fâchée de ma poursuite ou au
contraire, au fond d'elle-même, la désirait-
elle?... Mais en me voyant sa figure s'éclaira.

Devant moi, elle était debout, grande,
élancée, hardie, semblable, avec son joli
visage d'une ligne pure, semblable à quelque
Diane. La marche avait éveillé en elle toute sa
vie : sa fine chair était colorée, on sentait
courir sous la peau et chanter un beau sang
rouge et noble, c'était comme une campagne
fertile qu'irrigue un parfait réseau de fon-
taines ; elle respirait profondément, avec une
plénitude de santé admirable ; son œil s'était
animé... Qu'elle était belle, sous l'illumina-
tion du ciel, dressée sur une verte éminence
au milieu du grandiose paysage immobile!
Elle portait une robe de velours gris fer d'une
coupe un peu cavalière et qui lui prêtait un

ton de fantaisie charmant, son voile rose
flottait, elle s'appuyait sur une haute canne
de montagne, de sa main libre elle tenait un
bouquet de fleurs qu'elle avait cueillies. Vision
ravissante et de la plus vraie poésie. Un
parfum l'enveloppait dont je m'imprégnais
avec délices. Et sa bouche, ses yeux ardents,
le mouvement de son sein, et ce temps d'apo-
théose, et la splendeur de cet endroit me gri-
saient. Je la contemplais, je la buvais.

Je lui offris de lui montrer la place où
j'avais trouvé hier des edelweiss. Elle marcha
un instant devant moi, et je découvris sa
lourde chevelure fauve tournée sur sa nuque
en torsades somptueuses.

— Jamais je n'ai vu d'aussi beaux cheveux, dis-je avec admiration. Elle eut un petit
rire où le plaisir et l'incrédulité se mêlaient.

— Ah ! vraiment ! fit-elle.

Mon vœu de ce matin était exaucé, ma voisine avait voulu : nous allions passer une jour-

née admirable. Elle était seule avec moi dans un merveilleux pays, et je la sentais heureuse. Un radieux soleil baignait toute la surface tourmentée du col, les montagnes fuyaient vers le ciel, en face nous voyions une cascade descendre les rochers, brillante comme une ligne d'argent, en bas la route blanche qui filait et, dans le lointain, l'ouverture sombre de la gorge où se perdait la Romanche. Elle marchait devant moi, mouvement qui m'enchantait : « *Edelweiss* : noble et blanche. Noble et blanche, comme vous », murmurai-je.

Il fallait monter. Je lui tendis ma main qu'elle prit et je la tirai doucement. Je sentais contre mes doigts sa chair chaude, je pressais avec une émotion voluptueuse, par là je communiquais avec elle, j'étais en contact avec ses nerfs, avec sa pensée, son cœur, sa vie!

« Ah! que j'aime tenir votre main ! lui dis-je. Elle est chaude, elle est douce. Je vous touche... je vous sens... »

De temps en temps, elle s'arrêtait, fatiguée.
D'un pas plus haut qu'elle, je m'arrêtais et je
la regardais :

« Est-ce bien loin encore ? » demandait-
elle en levant ses yeux vers les miens.

« Nous arrivons », répondais-je.

J'aurais voulu que cette ascension durât
toujours; quel plaisir de l'entraîner ainsi derrière moi !...

Mais nous étions parvenus à une place où
l'herbe s'éclaircissait. La terre apparaissait,
blanchie, sèche et fendillée. Je vis sur le sol
rayonner une petite étoile de velours mat, puis
nous en découvrîmes d'autres. Nous nous
mîmes à les ramasser :

« Des edelweiss ! des edelweiss ! s'écriait mon
amie. Ceux-là, je les aurai cueillis moi-même ! »

Elle se courbait, agile; je lui apportais ce
que je trouvais. Nous poussions des exclama-
tions quand une fleur plus belle que les
autres se montrait.

5.

Cependant, tout en glanant, nous étions
montés jusque sur un plateau que le sommet
d'un tertre assez élevé formait. Là, l'herbe
redevenait touffue, et d'en bas il n'était plus
possible de nous voir. Je désirais vivement
que nous nous asseyions. En faisant des bou-
quets, en grimpant, je n'avais que la joie d'être
avec elle, et non point celle de lui parler et
de l'entendre me parler ; j'aurais voulu tenir
de tendres propos, dire les douceurs dont
mon cœur était plein ; exprimer des douceurs
conduit à en faire : j'étouffais de baisers ren-
trés. Là, assis dans l'herbe, divinement seuls,
au milieu d'une admirable nature et sous un
ciel splendide, si je l'eusse sentie m'écouter,
peu à peu me céder, enfin s'abandonner, le
paradis s'ouvrait ! C'était un moment de
bonheur parfait... Et que peut-on, à vingt
ans, demander à la vie de meilleur que l'instant où une belle créature qu'on désire de
toutes ses forces se sent pénétrer par la même

fièvre qui vous possède et se donne avec un
transport égal au vôtre?... Sans doute un
amour aussi neuf n'était point profond, ce
n'était même sans doute qu'un vif appétit de
mes sens. Qu'importe! un baiser d'elle à cette
minute m'eût comblé autant que celui d'une
femme pour laquelle j'eusse soupiré depuis
des années. Si mon désir était né depuis peu,
il était né adulte; ce voisinage nocturne
l'avait exaspéré... Et maintenant, rien qu'elle
n'existait plus pour moi, j'étais enivré, j'avais
tout oublié, j'avais un immense amour et eusse
éprouvé, qu'il fût partagé, un bonheur immense.

Mais ma compagne devinait le danger. Elle
ne consentait pas à s'asseoir ici, loin de tout
regard. Elle se méfiait de moi et d'elle aussi
peut-être; elle aussi, le soleil l'avait grisée,
éblouie, elle se sentait faible et heureuse, et
elle avait peur. N'étant point sûre d'elle-
même, elle préférait ne pas être tentée; jouer

maintenant avec le feu lui semblait impru-
dent, je le voyais bien, j'avais beau la prier :
« Non, disait-elle, non, allons-nous-en. »

« Eh bien! partez, lui dis-je. Moi, je reste »,
et je m'assis.

« Bien! » répondit-elle. Elle fit mine de
s'éloigner. Je me traînai à genoux devant elle
et de mes bras j'entourais sa jupe; elle se
dégagea; je me relevai et je fis quelques pas :
« Partir! pensais-je, quand ce plateau était si
bien placé. Nous allons redescendre, être en
vue de la route, marcher encore, cueillir des
edelweiss et nul entretien possible... » Il me
passa une idée: « Voulez-vous que je lise dans
votre main? » lui demandai-je. « Oh oui! »
s'écria-t-elle. « Alors il faut nous asseoir un
peu. » Elle consentit, poussée par la curiosité.

Je m'allongeai près d'elle, je pris la main
qu'elle me tendait et je me mis à la palper, à
la presser, à la caresser, sous prétexte que
cela était utile à mes observations. Je ne pos-

sède point bien entendu la chiromancie, mais
je pense qu'avec un peu d'invention chacun
peut remédier au défaut de cette science. Je
tâtais donc, fort plaisamment pour moi, la
main de ma dame, même j'y portai les lèvres.
Mais alors elle se retira vivement, et je la
sentis prête à se relever : « Soyez sérieux »,
dit-elle. Elle ajouta : « Je vois que vous ne
savez pas du tout lire dans la main. » — « Dé-
trompez-vous », me récriai-je ; « je vais vous
dire tout votre avenir : mais d'abord, com-
mençons par votre caractère et par votre
passé. » Je lui dis alors qu'elle était très
bonne et très franche, puis je vis dans ses
lignes qu'elle était très sensuelle, ce qui la
choqua, mais elle ne démentit pas. Elle dit
seulement très vite et un peu rouge : « Et puis ?»
Je hasardai qu'elle n'avait pas de volonté. Ce
n'était pas très adroit apparemment, car le
manque de volonté peut compter pour un défaut, et il fallait évidemment ne lui en trouver

aucun. Mais si j'avançais cela, c'était pour
m'éclairer. Elle n'eût pas eu de volonté et l'eût
su, avec sa franchise elle avouait : « Cela est
exact. » Or, sensuelle et sans volonté, elle était
à moi. J'étais fort machiavélique à vingt ans.
Mais elle prétendit posséder de l'énergie, au
contraire. Et j'avais commis une double faute
puisque je lui avais supposé un défaut, ce qui
la blessait, et que je m'étais trompé, ce qui lui
retirait de la foi en ma science.

Je ne m'arrêtai point et j'entamai aussitôt
son passé et son présent, ainsi que je les
avais compris hier soir. Je lui affirmai que,
comme elle me l'avait dit, je voyais fort bien
dans sa main qu'elle avait épousé son mari
sans l'aimer, mais que j'y voyais aussi qu'elle
ne l'aimait pas encore, tout en voulant croire
qu'elle l'aimait. « Vous avez pour lui plus
d'affection que d'amour, je le distingue, voyez
cette ligne, lui dis-je. C'est clair. » Elle répondit : « Oui, cela est vrai. » Et elle rêva.

Je pouvais formuler des prédictions qui s'accordassent avec sa rêverie. Après un bon moment d'attention consacrée à démêler l'enchevêtrement des lignes, j'avançai d'un air sérieux et hésitant qu'elle allait avoir un grand amour, bientôt. Elle était tout oreilles. Je redoublai de gravité et je pus, en lui faisant plier les doigts, découvrir que ce serait pour un jeune homme brun. Elle me regarda avec timidité. « C'est vous que vous voulez dire?... » « Oh moi ! je suis châtain », répondis-je. J'avais bien envie de l'embrasser. Un moment, elle était à genoux devant moi, ses lèvres à la hauteur des miennes : je n'avais qu'à me pencher ; mais je la regardai dans les yeux et je vis que si je la brusquais, tout serait fini. Elle était simple comme une enfant, à la fois confiante et farouche. Je lui sentais en cette minute l'âme toute ouverte, mais je sentais en même temps qu'un rien la ferait se refermer à jamais, qu'il était aussi facile de la perdre

que de la gagner, qu'une précaution extrême
était nécessaire. Je ne l'embrassai donc pas,
et que j'aie vaincu mon désir, dont elle s'était
aperçu, augmenta sa quiétude et son plaisir
d'être avec moi.

Nous redescendîmes. Maintenant nous suivions un sentier à plat et nous marchions à
côté l'un de l'autre. Je me risquai à passer
mon bras sous le sien, elle ne me repoussa
pas, elle n'avait plus peur de moi. Mais ce
mélange de liberté et de sauvagerie qui était
en elle me mettait sur les épines; je ne savais
ce que je devais tenter, jusqu'où elle autori-
serait, à quel moment elle se formaliserait.
J'étais affectueux et très doux, à la fois hardi
et timide, et je crois que c'est ainsi qu'il fallait
être pour la conquérir; je devais ne rien faire
qui la choquât et en même temps ne rien lui
laisser désirer que je ne lui offrisse. Le délicat,
c'était de savoir aller au-devant de ses désirs et
de savoir en même temps ne point les dépasser.

Nous continuions la conversation sur ce
que je lui avais révélé tout à l'heure. Elle
parlait de son mari : elle était sûre qu'il l'aimait, il lui en avait donné des preuves. Je lui
répondais que s'il ne l'avait pas adorée, il eût
été un sauvage, car elle était adorablement
jolie et d'un charmant caractère. Je déclarais
ainsi mon sentiment. « Tout à la fois alors !...
On voit que vous ne me connaissez pas... »,
raillait-elle pour dissimuler son contentement.

Nous passâmes près d'un ruisseau d'eau
claire. Je bus dans ma main. Elle voulut boire
aussi : je réunis mes deux mains comme une
coupe, je les remplis d'eau et les lui tendis :
elle se baissa et mit sa bouche entre mes
mains. Ah! ce geste! c'était comme si elle
m'eût baisé les doigts! Et si, profitant de cette
intimité exquise, je l'avais prise dans mes bras,
elle se fût révoltée, elle m'eût repoussé avec
indignation! Je sentais qu'elle agissait avec
innocence. Et cela était délicieux et irritant.

6

« Voyez, fis-je, je vous ai montré l'endroit où poussaient les edelweiss. » — « Oui, vous avez été très gentil. Je vous remercie beaucoup, beaucoup... » Et comme je la regardais sans rien dire : « Puis-je vous remercier davantage? » demanda-t-elle. — « En paroles, assurément non... », dis-je un peu tristement. — « Eh bien, je me promènerai encore avec vous. » — « Hélas, je pars demain! » — « Puisque vous avez été sage, je me promènerai ce soir. » Elle vit peut-être quelque chose dans mes yeux, car elle ajouta : « Mais, vous savez, je vous préviens : si la nuit vous inspirait de mauvaises pensées, si vous n'étiez pas sage, je file, et vous ne me revoyez plus... Maintenant séparons-nous. Qu'on ne nous voie pas ensemble. »

Je m'allongeai dans un trou d'herbe et elle s'éloigna.

VI

Évidemment, elle était parfaitement innocente. C'était une bonne petite épouse désolée
de ne pas aimer son mari. Elle aurait bien
voulu l'aimer, d'abord parce que, étant honnête, elle croyait qu'elle le devait, ensuite
parce que, jeune, tendre et sentimentale, elle
avait besoin d'amour. Elle se rendait compte
que c'était pour elle un grand malheur de ne

point chérir l'homme auquel était liée sa vie.
Mais comment faire pour l'aimer? elle s'y
efforçait sans y parvenir, — et si elle ne l'aimait jamais, comment faire pour vivre?...
Elle était triste.

Et elle se trouvait là, toute seule... Et
j'étais arrivé. Je l'avais beaucoup regardée,
avec tendresse, avec douceur, avec émotion,
comme ce mari peut-être n'avait jamais su la
regarder ou comme elle ne s'était jamais
aperçue qu'il la regardât. Elle avait pensé à
moi...— Et je lui avais parlé. J'avais parlé
de ce qu'il y avait au fond d'elle-même, de ce
qui était toute sa préoccupation... La nuit elle
avait repensé à moi, à ce que j'avais dit...—
Et le matin à son réveil, j'étais encore là, tout
près, je parlais d'une façon caressante, avec
une voix aimante.

Alors, l'après-midi, quand elle m'avait vu
courir dans la plaine, que je l'avais rejointe,
elle s'était sentie contente... Cela ne lui dé-

plaisait pas de m'avoir près d'elle, puisque je savais la regarder, lui exprimer des choses qui la touchaient, et puisqu'elle devinait que j'étais plein de son image. Elle était heureuse de me trouver, moi affectueux, dans cette solitude où elle s'imaginait tristement abandonnée de tous. Et elle était flattée et caressée que je fusse galant, attentif, et n'eusse d'yeux que pour elle.

Elle se disait : « Ça n'a pas d'importance. Il s'en ira bientôt. Cela n'aura aucune suite. — Et puis d'ailleurs je ne fais rien de mal. » Et, avec une ivresse et un désir contenus, elle se penchait sur l'amour possible, et puisqu'elle ne devait point s'en nourrir, elle trompait sa faim en le regardant.

Je distinguais ce sentiment. Mais je comprenais aussi qu'elle était passionnée, qu'au bout de trois jours ou de huit, elle serait prise à son jeu, qu'elle était sans défense, ayant un profond besoin d'aimer, que je lui plaisais et

6.

que si je le voulais, elle m'aimerait follement,
— que je n'avais qu'à rester ici, à faire
miroiter l'amour devant ses yeux, à la
courtiser de la même façon dont j'avais commencé, et qu'elle tomberait dans mes bras. Je
comprenais qu'au fond d'elle-même, et en le
répudiant de toute son honnêteté, de tout son
cœur elle appelait un amant, que cette femme
admirable, — naturelle, songeuse et mélancolique, — pleine de vie, — avec une chevelure, des yeux et des lèvres d'amoureuse, —
en secret demandait à son Dieu celui entre les
bras duquel enfin elle se tordrait, elle pleure-
rait, elle crierait, qu'elle était arrivée à la
minute où une âme ardente ne veut plus
qu'adorer ou mourir.

Ce soir, je ne l'aurais pas. Si je savais
l'émouvoir, je pourrais l'embrasser peut-être,
baiser ses lèvres? Et encore non, elle était
farouche, et pour chacun des moindres dons
qu'elle pourrait consentir, il faudrait qu'elle

eût été apprivoisée par beaucoup de tendresse ; jamais elle n'avait supporté de fami-
liarités que de son mari, j'en étais sûr : il y
avait en elle le sens de sa propre dignité et
celui de la sainteté de l'amour. L'amour lui
paraissait quelque chose de si beau et de si
élevé que rien n'eût pu lui faire accepter d'en
ternir l'idée en elle-même, et qu'elle ne se fût
jamais livrée à une représentation de lui basse
et incomplète. Elle ne se fût donnée qu'à un
être dont elle se fût crue certaine d'être aimée
et qu'elle-même eût entièrement aimé. Elle
était trop pure pour vouloir autre chose que
tout l'amour, qu'un échange total de cœur et
de chair, qu'un don parfait.

Ce soir, je ne l'aurais donc pas. Mais que
demain, je continue, que je poursuive, un
jour, je la posséderai et ce sera un superbe
amour. Je voyais cela... Puis je me disais :
« Demain, j'ai rendez-vous à huit heures du
soir à Modane avec Lionel mon ami. Notre

voyage est décidé depuis un an. Nous l'avons préparé longuement cet hiver. Lionel, hier, s'est mis en route... Il a quitté Paris : c'est comme si j'avais quitté moi-même Le Lautaret. Mon voyage est commencé, je ne puis plus songer à le reculer, à le remettre. Lionel parti, je ne peux pas ne pas le rejoindre. Il faut que demain soir à huit heures je sois avec lui. C'est la fatalité. Quelque chose de supérieur à ma volonté s'oppose à ce que je reste ici, à ce que je me donne à cet amour. »

Et douloureusement je rêvais, car j'avais, moi aussi, enfant sentimental, besoin d'aimer. Et sentir l'Amour là, si près et tout prêt. Et partir ! Et penser :

« Je laisse ici ce que peut-être je ne retrouverai jamais. »

VII

Je sortis de mon trou tapissé d'herbes et je
revins à l'hospice. Je montai dans ma chambre... Elle se trouvait dans la sienne, elle
chantait doucement... A quoi pouvait-elle
s'occuper? Je ne le devinais point. Elle ne
remuait pas et elle chantait tristement, doucement, d'une voix lente... Je la sentais absor-
bée... A quoi songeait-elle? que regardait-elle?

Sa voix délicieuse était méditative et attendrie, comme ces voix de mères qui chantonnent en contemplant l'enfant qu'elles bercent. Toute sa peine, son innocence, son âme simple et profonde débordaient de son chant. Et moi, de l'autre côté de la cloison, dans ma chambre, j'écoutais... Une tristesse pareille à la sienne m'étreignait. Je laissais errer mes regards sur le paysage majestueux qu'encadrait ma fenêtre. J'écoutais cette voix mélancolique attristant le silence et je pensais désespérément : « Demain je serai loin! demain cela sera du passé!... »

Cependant le jour baissa. Sa voix se tut et son immobilité persista. Elle ne bougeait pas, je n'entendais rien, et pourtant je savais qu'elle était là. Comme elle, je ne faisais aucun mouvement. Nous étions assis chacun d'un côté du mur, tous les deux dans l'ombre et réfléchissant. Tout près l'un de l'autre, et sans nous voir et pensant l'un à l'autre...

Pendant le dîner, je la regardai, mais ce n'était plus de mes yeux audacieux de la veille, c'était avec une infinie douceur, d'un air de chagrin tendre, et elle répondit à mes regards avec une expression si franche et si exquise de regret et de caresse que chaque fois mon âme se jetait à ses pieds. Elle avait les paupières un peu rouges; certainement dans le crépuscule et le silence de sa chambre, elle avait pleuré. Cette pensée me transportait et elle me rendait mille fois plus amère l'idée que ce dîner était le dernier que je prenais en sa présence, l'idée que j'allais me séparer d'elle.

Quand on se leva de table, tout de suite je sortis devant la terrasse, sur la place, comptant qu'elle viendrait me rejoindre et que nous irions nous promener, comme elle l'avait dit. Je marchais de long en large et je l'attendais, mais elle ne paraissait pas. Je regagnai le vestibule de l'hospice pour voir ce qui la retenait. Elle était là, elle causait avec la jeune fille de l'hôtelier ; je me montrai à elle, mais elle fit semblant de ne pas me voir et continua sa conversation. Pensant qu'elle allait se dégager et qu'elle arriverait, je retournai donc sur la terrasse. Mais non, elle restait là-bas. Je me demandai alors ce qui l'avait déterminée à renoncer à son projet, et repensant à la façon si intime dont elle me regardait pendant le dîner, et à sa chanson tendre, avant, à son silence, à ses larmes probables, je me disais : « Je lui plais et elle se méfie de son penchant, elle redoute de se trouver seule dans la nuit avec un homme pour lequel elle se sent du goût et qui la quittera demain ! Elle est faible, elle est triste, elle a peur que ma propre tristesse ne me souffle des paroles qui la pénètrent trop. Elle a le sentiment qu'elle est maintenant désarmée contre l'amour, et elle ne veut plus se risquer à le provoquer. » Je repensais à son

chant et j'étais convaincu que c'était l'idée de
mon départ qui avait fait monter du fond de
son cœur cette voix lente et attendrie. Oui, à
quoi rêvait-elle, sinon à moi, ou du moins à
l'Amour qu'aujourd'hui je représentais à ses
yeux et qu'elle avait désiré si instamment?
C'est l'Amour qu'elle regardait, contemplait,
qu'elle berçait de son doux chant; car l'Amour
c'était son enfant, elle le portait dans son
sein, elle le nourrissait de ses pensées et de
sa vie, et maintenant comme une mère pour
son petit, elle songeait pour lui à l'avenir, au
mystérieux avenir... Sa songerie l'absorbait
et l'avait fait pleurer, car il lui semblait aujourd'hui, me confondant avec l'Amour, que
mon départ, c'était à jamais celui de l'A-
mour.

... Je la vis tout à coup descendre de la terrasse, traverser rapidement, et rentrer dans
le chalet. Cette action me confondit, mais
en la ruminant un peu, j'y trouvai la confir-

mation de ce que je présumais. Mon amie avait évidemment voulu m'éviter; et pourquoi? — parce qu'elle craignait, si je la rencontrais, de ne pouvoir repousser cette promenade avec moi que, réflexion faite, elle ne voulait plus entreprendre, et elle avait préféré fuir toute explication, car on ne sait pas où les explications vous mènent...

Je me promenais dans l'obscurité en savourant le suc enivrant et désespérant d'une victoire dont je ne pouvais pas profiter. La nuit était belle, je la regardais avec la douleur d'une âme blessée. Je pensais qu'elle eût pu être suprêmement heureuse; que d'autres nuits succèdant à celle-là et que les jours eussent pu verser dans mon existence un éclat divin, que le sort ne le voulait pas, qu'il me tenait par la main et qu'il me retirait d'ici où était le bonheur... Mais je ne pouvais rester longtemps dehors puisqu'elle n'y était pas. Je remontai dans ma chambre, et, quand j'eus

allumé, j'ouvris ma porte de communication
et frappai doucement à la sienne. D'abord,
elle ne répondit pas, elle allait et venait dans
sa chambre, elle avait résolu sans doute de ne
pas m'entendre. Je frappai, je frappai. Puis je
murmurai : « Dites-moi?... » Elle semblait toujours ne pas faire attention : « Écoutez, venez
là, il faut que je vous parle », dis-je. Elle
s'approcha sans bruit de la porte, et sans me
répondre, elle écoutait : « Vous n'avez pas
tenu votre promesse, je vous ai attendue, vous
n'êtes pas venue, ce n'est pas gentil... Je
croyais vous plaire un peu, mais non, je me
trompais, vous vous amusiez de moi... Je vais
partir demain, bien triste... vous m'avez fait
de la peine. Vous m'aviez dit que vous vien-
driez, et ce n'était pas vrai... » Alors, derrière la porte, elle s'écria malgré elle : « Mais
il ne fallait pas, il ne fallait pas ! — Pourquoi? — Il ne fallait pas, répéta-t-elle. —
Vous êtes méchante, lui affirmai-je, comme

si je ne la comprenais pas. Vous voulez donc
que j'emporte de vous un mauvais souvenir?
— Oh non! s'écria-t-elle. — Pourquoi n'êtes-
vous pas venue ? » Elle ne répondit pas.
« Oh! je voudrais vous parler, repris-je.
Voulez-vous que je vous parle? — Oui. — On
ne peut pas se parler à travers cette porte;
ouvrez-moi. — Non, non, fit-elle d'une voix
faible. — Ouvrez. — Il ne faut pas. — Ouvrez! je vous en prie, ouvrez! — Vous ne
seriez pas sage. — Si! je vous le promets!
ouvrez!... »

Mon Dieu, elle ouvrit la porte! J'étais chez
elle! Ce qui me frappa tout de suite, c'est
qu'elle se trouvait en déshabillé, elle n'avait
pas de corset, elle était en jupon et à moitié
décoiffée, et je voyais son lit, là, la couver-
ture ouverte. Alors je perdis la raison; cette
situation m'affola. Elle m'avait ouvert sa
porte la nuit, alors que j'étais persuadé
qu'elle ne m'ouvrirait pas; si elle avait craint

de venir se promener avec moi, à plus forte
raison devait-elle redouter de me recevoir
dans sa chambre; et elle m'y avait introduit !
Ce fait ruinait mes présomptions : ou il était
complètement illogique, ou alors je m'étais
totalement trompé sur son compte; et c'est
cette dernière hypothèse que j'adoptai. Oui,
je m'étais emballé sur une fausse piste; je
n'avais rien compris, c'était évident. Une
femme qui vous reçoit chez elle, la nuit, en
déshabillé, cela, dans tous les pays du monde,
n'a qu'une signification. Ainsi mon imagination m'avait encore joué un tour; toute la
journée, j'avais vu de travers et je m'étais
conduit ridiculement, elle avait dû me juger
bien naïf! J'avais avalé tout ce qu'elle me
racontait, et, à chacun de ses mots, à chacun
de ses gestes, j'avais attribué un sens erroné ;
mais j'étais un visionnaire ! Voyons, c'était
clair comme le jour, cette femme... j'avais été
aveugle, j'avais eu foi contre toute évidence :

7.

sa solitude ici, la façon dont elle répondait à
mes regards, la facilité avec laquelle elle
m'avait parlé, sa promenade avec moi aujourd'hui, c'était clair. Les écailles me
tombaient des yeux : je voyais. Ainsi, elle
était tout simplement facile ! Je me précipitais
d'un rêve dans la réalité, je perdais une illu-
sion exquise, et j'étais cruellement humilié.
Enfin, je me réconfortais en envisageant le
présent : au diable les sottises ! elle est
adorablement jolie, que m'importe après tout
qu'elle ait pour moi une passion ou un caprice?
Que m'importe qu'elle soit honnête, ou ne le
soit pas? Cela n'enlève, ni n'ajoute rien à son
charme réel, à ses yeux, à sa bouche, à ses
cheveux, à son corps. Elle est délicieuse et je
lui plais; je vais passer une belle nuit dans de
beaux bras. Et demain je partirai moins triste
que si j'avais laissé ici la possibilité d'un
véritable amour. Cela est bien. Cela est
parfait.

Voilà la suite de pensées qui se pressa dans ma tête en une minute, dès que je fus entré. C'est égal, j'étais étourdi par l'effondrement brusque de l'idée sur laquelle je vivais depuis deux jours, et je ne trouvais pas un mot. J'examinais autour de moi d'un œil égaré et je me demandais si je rêvais. J'étais assis près d'elle. Je la regardais. Elle n'avait pourtant pas l'air à l'amour, elle était fatiguée, elle passait sur son front une main lasse : « Ah ! que j'ai mal à la tête ! » disait-elle. Puis en s'étonnant de mon silence, elle murmurait : « Eh bien ! c'est tout ce que vous me dites ? » J'étais anxieux. Que signifiait cela ? Etait-elle tout à fait innocente ?.. Mais non, elle savait bien ce qu'elle faisait : elle me recommandait de parler bas, il ne fallait pas qu'on nous entendît : elle comprenait donc parfaitement qu'il était grave que je fusse à cette heure-ci dans sa chambre, et qu'on devait l'ignorer. — Mais, quand même, je doutais.

Ah! le mot, le mot de cette énigme?... Et
cependant, ce n'était pas possible, elle ne me
recevait pas maintenant pour causer. C'est
autre chose qu'elle attendait de moi, désha-
billée, son lit ouvert. Et en restant là sans
hasarder rien, je continuais mon rôle de sot.
J'avais un malaise : « Si elle attend que je
l'embrasse, je suis stupide de ne point comprendre et de tarder, mais au contraire si ce
n'est pas cela qu'elle attend?... » Maintenant,
elle était debout contre le lit. Ah! c'était trop
tentant, et puis cela ne pouvait pas durer!...
Je me levai, soudainement je l'enlaçai, cherchant à la coucher sur le lit et cherchant sa
bouche. Elle avait d'abord été surprise. Mais
à présent, elle se débattait, elle me repoussait
avec rage. Nous luttions en tâchant à ne faire
aucun bruit afin que du couloir on ne nous
entendît pas. Il y avait du tragique dans cette
lutte muette. Enfin, devant sa résistance
désespérée, je compris avec tristesse et avec

honte que je m'étais trompé : j'ouvris mes
bras. Elle se redressa. Elle était frémissante,
hautaine et irritée : « Ah! que venez-vous de
faire, monsieur ? » dit-elle d'une voix qui trem-
blait, « vous vous trompez, je ne suis pas une
fille! » — Je saisissais toute ma faute, je tombai à genoux : « Pardonnez-moi », et je cherchais à lui prendre la main. « Ne me touchez
pas, allez-vous en, allez-vous en ! » s'écria-
t-elle. Elle était pleine de mépris, elle était
belle et innocente : « J'avais confiance en
votre parole », dit-elle. Puis elle dit : « Ce
qui vient de se passer! Ah! je suis dégoûtée
de moi! » Je m'étais relevé, je sentais
qu'aucun mot ne m'excuserait, je reculais
jusqu'à la porte, je rentrais dans ma chambre
en murmurant machinalement : « Pardonnez-
moi, pardonnez-moi », et elle fermait. J'entendais son geste furieux pour pousser son
verrou, et le soupir de délivrance qu'elle
exhalait, quand enfin, après avoir couru le

plus grand danger, elle se voyait seule!

Je me retrouvai chez moi, stupéfait et navré. Toute cette scène s'était passée si vite! j'étais troublé au dernier point. Assis sur mon lit, je regardais devant moi dans l'ombre, et j'avais la tête en désordre. Enfin je me déshabillai et je me mis au lit, le plus silencieusement que je pus. J'avais honte de la faire se souvenir de ma présence, de mon existence; c'était la faire penser à moi, et j'étais désespéré de ce qu'elle pouvait penser à mon sujet. Je ne dormis pas, naturellement; seulement, après un certain temps, mon exaltation se calma et je vis clair en nous deux.

VIII

Et maître de disposer, du moins à bien des égards, de la plus aimable femme du monde, ne m'avez-vous pas trouvé aussi retenu qu'aujourd'hui je le serais avec cette exécrable Araminte qui m'inspire de si violents dégoûts? Je veux ne point mériter de récompense, et que vous ne croyiez pas me devoir des faveurs par cette seule raison que je n'ai pas tenté de vous en arracher, mais qu'au moins l'effort que je me suis fait, trop cruel pour n'être pas l'ouvrage de la passion la plus vive qui fût jamais, vous prouve la vérité de mes sentiments.

(CRÉBILLON fils, *La Nuit et le Moment*).

Ce qui m'était intolérable, c'était la pensée que je lui avais fait mal, que j'avais détruit le rêve qu'elle avait déjà bâti sur moi, que maintenant, derrière ce mur, elle souffrait, elle se lamentait, elle se disait : « Ainsi voilà l'être auquel je songeais ! »

Je ne pouvais supporter l'idée de son mépris. Je l'entendais se remuer, se retourner dans son lit, et j'avais envie de lui crier : « Pardon, pardon ! Non, tu ne t'étais pas trompée, non ! Je suis bien celui que tu croyais, j'ai eu un instant de folie, mais maintenant je te comprends, maintenant je t'aime et je te respecte profondément. Oh ! je t'en supplie : ne crois pas que je sois entré dans ta chambre pour faire ce que j'ai fait. Ne crois pas que j'en avais l'intention, que je t'ai menti, que je t'ai trompée, que j'ai eu cette duplicité et cette malhonnêteté. » J'étais désolé. Je me rappelais sa phrase : « Ah ! je suis dégoûtée de moi ! » Et elle me châtiait cruellement. « Je suis dégoûtée de moi », cela voulait dire : Je suis dégoûtée de moi qui ai pu croire en vous, penser à vous, à vous qui n'êtes qu'un être sale et sans noblesse. Je suis dégoûtée de moi qui ai eu assez peu d'intelligence de cœur pour ne pas vous pénétrer, pour ne pas voir la vilaine âme que vous avez, pour me commettre avec un individu de votre espèce... Ah! son mépris! ah! songer qu'elle me méprisait, que maintenant elle pleurait son aveuglement, qu'elle m'arrachait de son cœur et me considérait avec répulsion!...

Oui, son mépris me perçait l'âme, car à présent, ayant reconnu mon erreur, je comprenais son innocence, sa délicatesse, la confiance qu'elle avait mise en moi, et j'étais infiniment touché. Je l'adorais, elle m'apparaissait une créature rare de blancheur, de naturel, de beauté. Elle m'avait laissé pénétrer dans sa chambre avec innocence! Elle croyait en ma parole! Elle n'en doutait pas un moment! Elle ne pouvait supposer que je la trahirais! Cette pensée m'émouvait aux larmes. — Ce qu'elle avait désiré de moi, je le comprenais mainte-

8

nant : c'était que je lui parlasse ainsi que je le
lui avais dit. Ce qu'elle voulait, c'était, puisque
j'allais partir demain, me revoir une dernière
fois, avoir avec moi un entretien suprême ;
nous dire tout, au moment de nous séparer à
jamais. Ce qu'elle attendait, c'était que j'ex-
primasse ce qui devait se trouver dans mon
cœur à la veille de la quitter, ce qui rendait
notre situation enivrante et douloureuse, et
devait faire notre rencontre inoubliable. Ce
qu'elle attendait, c'était de l'émotion, des ca-
resses de paroles, et des consolations tendres,
c'était des phrases qu'elle pût se répéter à elle-
même plus tard, quand elle serait seule, des
phrases dont elle penserait : « Quelqu'un qui
m'aimait me les a dites, je n'ai pas été à lui,
je ne serai pas à lui ; il est parti, je l'aime, et
je ne le verrai plus jamais. » Cela était adorablement enfant, cela était d'un sentiment
exquis, et c'est cela, cela, que je n'avais pas
compris. Cela que, comme un soldat, comme

un butor, j'avais brisé, détruit, foulé aux pieds,
sans rien voir ! C'est cette fleur divine que
j'avais froissée dans mes gros doigts de sauvage !...

Pauvre petite, pauvre amie ! Je ne pouvais
me consoler du mal que je lui avais fait, et je
me disais : « Pourtant, non, ce n'est pas
possible, je ne puis m'en aller là-dessus, il
faut qu'elle me pardonne, il faut qu'elle comprenne, il faut que je lui explique... » et
revoyant la scène, démontant tous mes sentiments depuis l'instant où j'avais franchi son
seuil, je ne me trouvais pas si coupable. C'est
vrai que j'avais été aveuglé, que j'étais devenu
fou, que je n'avais plus rien compris, que
j'avais perdu la conscience de ce qu'elle était,
de tout ce que j'avais justement pensé d'elle.
Mais enfin, à ma place, qui ne se fût trompé,
qui n'eût commis la même méprise ? Entrer
chez une femme de cette façon, à cette
heure !... En somme je la connaissais très

peu, il était donc naturel de me demander si
l'opinion que je m'étais formée d'elle était
fondée, et devant un nouveau fait de rectifier
mon opinion. Ce fait-là pouvait vraiment
déranger le sens si net que jusqu'à présent
j'avais eu de ce qui se passait entre nous...
Non, je n'étais pas si coupable, et le plus fin,
le plus délicat eût sans doute à ma place agi
comme moi; une circonstance aussi imprévue
déroute, égare, — et le plus galant homme
n'est point infaillible.

J'examinais en moi l'instant où je l'avais
tenue dans mes bras, et j'y découvrais de la
générosité. Dès que je m'étais aperçu que je
me trompais, j'avais éprouvé un sentiment
complexe, j'avais pensé : « Non, elle ne veut
pas. Mais elle est sensuelle. Je puis parvenir
à l'affoler, ses sens peuvent la trahir », et je
cherchais instinctivement sa bouche pour
égarer sa volonté sous mes baisers. Mais
j'avais pensé aussi : « Mettons que je l'aie, là,

de cette manière, lâchement... Je pars
demain. J'abandonne ici une femme humiliée,
qui a perdu son honneur, qui ne s'estime plus,
qui aura un secret pour son mari, qui n'osera
plus le regarder en face. Je salis toute une
vie de femme. Je fais une malheureuse ». Et à
cette idée, aussitôt j'avais ouvert mes bras.
J'avais vu nettement le crime que j'allais
commettre et j'en avais eu horreur. Non,
mille fois non! je n'étais pas coupable
comme une petite tête, derrière ce mur,
le supposait. J'avais été honnête. Je m'étais
arrêté à temps. Et il fallait encore bénir le
ciel que ce fut avec moi que cette enfant eût
été imprudente. Combien d'autres en effet,
n'eussent pas hésité! Combien d'autres, sans
réflexion, ou dans une pensée d'égoïsme
ignoble, eussent flétri cette âme innocente!...
Je l'avais laissée libre, et elle était à ma merci.
Car elle était à ma merci, j'étais dans sa
chambre : elle était à moi; elle ne pouvait me

chasser, elle ne pouvait appeler; qui eût con-
senti à croire qu'elle m'avait introduit chez
elle dans l'intention de se refuser à moi? A
cette heure-là! Dans ce costume-là! Toutes
les apparences étaient contre elle. Elle s'était
mise dans une situation telle qu'elle ne pouvait en sortir que par ma volonté. Et elle le
savait que sa situation était affreuse, elle
luttait sans bruit, affolée, terrifiée, dans une
horrible détresse... Or, dès que je m'étais
aperçu de son état, je n'avais songé qu'à la
rassurer.

Et je me disais : « Oui, il faut absolument
que demain, avant mon départ, elle consente
à m'écouter. Il faut que je ne lui laisse pas un
mauvais souvenir, il faut qu'elle comprenne
ce que j'ai fait, qu'au lieu d'être coupable, je
serais louable; qu'un malentendu de ma part
était forcé, et que je me suis arrêté pour des
raisons pures et qui prouvent tout mon amour
pour elle... »

IX

J'étais debout à six heures, ayant dormi d'un si mauvais sommeil que, en sortant du lit, je me trouvais plus fatigué qu'en y entrant. Je me levais parce que j'étais éveillé depuis longtemps et que je ne pouvais supporter mon inaction et mon immobilité... Comme hier, le temps était beau et les montagnes se montraient dans leur splendeur

virginale des premières heures du matin,
énormes, impassibles, indifférentes aux sentiments violents qui, au milieu d'elles, pendant
la nuit, avaient agité deux petites âmes
humaines. Je m'accoudai à ma fenêtre, et je
regardai devant moi, rêvant, laissant la paix
et le silence pénétrer peu à peu mon cœur
tumultueux. Bientôt il ne resta plus en moi
qu'une immense tristesse et une immense
douceur. J'eus pitié d'elle, de moi, de tous les
pauvres êtres qui, durant un petit espace de
temps, depuis leur naissance jusqu'à leur
mort, se remuent sous le ciel vide, traversés
tour à tour par l'amour et par la haine, par
le plaisir, par la souffrance, par la joie et par
la douleur. J'étais accablé par la petitesse
misérable de notre condition, découragé par
la vision de nos humbles vies soumises au
destin... C'est que j'aimais, étais aimé, et
allais partir !...

Mais avant mon départ, il fallait que je rendisse sa force au sentiment que j'avais blessé, il fallait ranimer dans le cœur que j'aimais la petite flamme que j'y avais d'abord allumée, puis éteinte. Je tenais à ce que l'on gardât de moi un souvenir pur, un souvenir égal à celui que je conserverais. Je voulais parler, je voulais m'expliquer, et qu'enfin nos adieux fussent les beaux adieux qui devaient couronner de telles heures...

Cependant je restais à ma fenêtre, sans faire de bruit, car je pensais qu'elle avait dû s'endormir tard, et qu'elle était maintenant peut-être dans son meilleur sommeil. De temps en temps je collais mon oreille à la cloison, pour tâcher de saisir si elle était réveillée. A huit heures, je l'entendis soupirer.

— Vous ne dormez pas ? dis-je d'une voix timide.

— Non, répondit-elle.

Elle me parlait. Elle n'était donc plus entièrement fâchée.

— Comment allez-vous ce matin ? repris-je.

— Oh ! je suis toute malade !... et à cause de vous...

Je m'écriai :

— Oui ! Ah ! pardonnez-moi ! Je suis désespéré. Je n'ai pas dormi de la nuit... Si vous saviez...

Elle ne répondit rien. Alors je déclarai :

— Il faut absolument que je vous parle. Passez un peignoir. Ouvrez-moi.

— Vous ouvrir, ah ! jamais de ma vie !... Me parler, je connais cela !... Ce que vous voulez me dire ne m'intéresse pas, répondit-elle amèrement.

Je me mis contre la porte et je dis :

— Ouvrez-moi, ouvrez-moi, ouvrez-moi. Il faut que je vous parle. Ouvrez-moi, ouvrez-moi...

Monotonément avec une insistance de mécanique. Mais elle ne répondait plus. De peur de la fatiguer, de l'exaspérer par mon entêtement, je me tus. Cependant, je l'entendis se lever, s'habiller. — Ce matin hélas ! elle ne chantait pas.

Je descendis. Je m'établis à la porte du chalet, de façon à l'arrêter au passage quand elle descendrait à son tour. Lorsqu'elle parut, je m'élançai. Ses traits tirés, l'air de fatigue de son visage, redoublèrent mes remords et mon émotion. Je la saluai et je lui tendis ma main qu'elle ne prit pas.

— Oh ! méchante ! dis-je.

— Comment cela ? fit-elle avec dédain.

— Si je pouvais vous dire tout ce que je sens, tout ce que j'ai senti cette nuit...

Elle me regarda d'un air sceptique et froid. J'éprouvais la difficulté de me faire entendre d'elle à présent, son âme s'était refermée. J'étais désolé. Elle s'en aperçut sans doute, car elle me regarda plus doucement. Je me rappellerai toujours l'éclat de ce matin, la beauté du ciel, ce paysage pur, moi voulant me faire écouter, elle me montrant par ses propos qu'elle ne croyait plus en moi...

— Si vous n'aviez pas dû partir aujourd'hui je ne vous aurais plus jamais adressé la parole, me dit-elle.

— Ecoutez-moi. Croyez-moi, murmurai-je Ah ! je vous en prie, ne soyez pas ainsi. Ne me laissez pas m'éloigner de vous avec la pensée que vous me haïssez. Je vous jure que je ne le mérite pas. Je vous jure que je vous comprends maintenant, et que je vous aime et que je vous respecte infiniment. » Mais comment enchanter encore son cœur désenchanté ? « Vous êtes indignée, vous êtes sous le coup de l'outrage que je vous ai fait. Eloignez-vous de cet instant, ne ressentez plus le sentiment que vous avez éprouvé; Placez-vous en dehors de vous et réfléchissez un peu avec moi ; je vous en supplie, mon amie, je vous en supplie. »

Elle haussait les épaules. Je continuais :

« Oui, vous êtes innocente comme une enfant et je vous parais un monstre. Mais plus tard, un jour, quand vous aurez l'expérience des hommes... vous me comprendrez, vous me jugerez plus justement... vous vous apercevrez que j'ai agi mieux que la plupart n'eussent agi... »

Je retournais sans cesse cette idée, je me plaçais à tous les points de vue pour la reprendre et pour l'agiter devant son esprit. Et à la fin elle m'écoutait, elle était attentive, elle songeait.

Pauvre petit oiseau, qui avait un si grand besoin de croire en moi, pauvre petit oiseau pour qui la pensée de s'être trompé avait été si horrible !

Je parlais. Peu à peu, elle ne savait plus, elle ne se souvenait plus, elle oubliait, elle se laissait aller au plaisir d'être avec moi dans cette belle matinée, et de s'entendre soupirer des choses tendres.

9

Et, quand enfin je lui dis : « Pardonnez-
moi. Dites-moi que vous êtes réconciliée avec
moi », elle s'écria avec une contraction douloureuse : « Taisez-vous, taisez-vous ! Ne me
faites plus penser à cela ! »

Cependant il était dix heures, la voiture
était prête, elle attendait devant l'hospice;
c'était l'agitation du départ, les garçons chargeaient des malles, des colis... Les chevaux
secouant la tête à cause des mouches, faisaient
sonner leurs clochettes...

« Je ne peux pas vous quitter encore,
dis-je. J'ai trop de choses encore à vous exprimer. Mon cœur est plein. Il est tôt, qu'avez-
vous à faire?... venez avec moi, accompagnez-
moi un peu... Songez que nous nous séparons
pour toujours. »

Nous nous assîmes à côté l'un de l'autre sur
une banquette derrière le cocher. Une dernière
fois je regardai cette terrasse, la place, notre
chalet, et le car s'ébranla. Mais il ne me sem-

blait pas encore que je partais, puisqu'elle était encore avec moi.

Les quatre chevaux descendirent la pente au grand galop, puis nous tournâmes à gauche : nous abordions la montagne ; le col du Galibier se trouvait là-haut, à 600 mètres, ce qui pouvait faire deux lieues de route en lacets. Maintenant on allait au pas. Nous descendîmes et nous nous mîmes à marcher derrière la voiture ; là nous étions seuls, à l'abri des regards.

J'étais ému. Je regardais sa forme charmante, je pensais que plus jamais cette image aimée ne se montrerait à mes yeux. Je me mis à parler tendrement, à cœur ouvert, de tout le fond de moi-même, et, maintenant que j'étais débarrassé de tout désir et de tout espoir, avec une raison passionnée. Je ne sais pourquoi, je revins encore sur ma tentative d'hier soir : pour me faire pardonner entièrement, sans doute, pour qu'il ne subsistât pas dans cette

âme le moindre nuage contre moi. Mais ne
devais-je pas penser que de soi-même, lorsque
je serais loin d'elle, elle effacerait jusqu'au plus
petit soupçon de ma faute, et que ce geste
même qui l'avait si écœurée finirait par la
charmer ?... Cependant je me disculpais encore : « Depuis trois jours, je ne m'interrompais
de penser à vous... Et pouvoir vous embrasser,
vous serrer dans mes bras ! C'était tenter le
diable ! D'ailleurs, dès que j'ai vu que je vous
déplaisais, n'ai-je point cessé ?... Ne m'en
veuillez pas, mon amie, — mais tirez votre
profit de cette émotion. N'ayez confiance en
personne et ne permettez jamais qu'on vous
fasse la cour. Soyez prudente. »

Ainsi, pour elle, je dégageais comme un fa-
buliste la moralité de notre aventure, et je lui
donnais les sages conseils d'un ami. J'étais
jaloux de son honneur et de sa vertu. Partant,
et ne pouvant plus la séduire, n'étant donc plus
son ennemi, je passais de son côté, je prenais

son parti, et je voulais assurer son bonheur.
Je lui démontrais qu'en dehors de la fidélité,
elle ne recueillerait que des tourments et des
souffrances ; que seule une vie régulière pouvait s'accorder avec sa nature sincère ; que rien
ne serait pénible et affreux pour elle comme
de tromper son mari... Le cœur de l'homme
est singulier ! Je la quittais pour toujours,
c'était, quant à elle, mourir : je ressentais une
jalousie posthume... Quelle folie ! Je ne devais
plus jamais la voir, je ne saurais même si elle
était vivante, et je désirais qu'elle se conser-
vât à moi !... On veut toujours posséder plus
qu'on ne doit posséder. N'eût-il point été rai-
sonnable de me contenter du souvenir délicieux, que, sans doute, au milieu de toutes les
agitations de l'existence, elle garderait de moi
dans un pli de sa mémoire, comme moi d'elle-
même dans un pli de la mienne. N'eût-il point
suffi de me dire : « J'ai créé du rêve dans cette
âme-là, je suis passé, j'ai semé, un autre récol-

9.

tera. Je suis l'éveilleur. Je figure maintenant
dans l'histoire de sa vie, car je me suis placé à
la source même de l'amour qu'elle aura plus
tard pour un autre. T'ayant éveillée, belle âme,
je m'en vais : adieu. Je souhaite que celui qui
me suivra soit digne de toi ! » — Non ! je voulais qu'elle restât à moi... Je voulais que cette
graine que j'avais jetée ne devint jamais une
fleur ! Je voulais qu'elle n'eût qu'un amour de
rêve et qu'il fut pour moi. Je voulais avoir
paru dans sa vie, disparu, et de loin, et invisible, et perdu, demeurer toujours le roi de
son cœur.

Mais aussi c'est que je l'aimais dans le moment où, tous les deux, suivant la voiture qui
tout à l'heure allait m'emporter seul, nous
gravissions la route blanche, en pensant
à nos cœurs. Je l'aimais infiniment, et
je le lui disais. Je dépeignais l'effet de son
charme sur moi. Je répétais qu'elle était divine, que je la respirais comme une fleur et

que je ne l'oublierais jamais. Je l'assurais
qu'elle resterait toujours au fond de moi-même
comme la plus adorable vision de ma vie et
que j'étais à elle à jamais.

Elle m'écoutait, à moitié doutante, à moitié
ravie : « Vous me trouveriez bien sotte si je
croyais à tout ce que vous me dites là ? » faisait-elle.

Et je lui répondais :

« Mais non, car tout cela est vrai. »

Je parlais ; elle marchait à mon côté, pensive.

Je me disais : « C'est vrai. Je pars et pourtant nous nous serions adorés ! Avec elle je
suis cœur à cœur. Nos deux êtres sont faits
l'un pour l'autre. J'envahis peu à peu sa pensée, peu à peu elle envahit la mienne. Elle se
respecte, elle est innocente, elle a de la dignité,
de l'honneur ; elle n'a pas encore eu d'amour :
elle a tout son prix pour moi. Je l'aurais
adorée, et je pars ! »

Je me disais, juvénilement : « Je pars. Je reprends la route. Et pour aller où? N'étais-je pas arrivé? N'avais-je pas trouvé ce que tous nous cherchons sans cesse?... Mais c'est ma destinée. J'erre toujours et jamais ne me fixe. Quand j'ai commencé à m'intéresser passionnément à un cœur, il faut l'écarter de ma vie et que je fuie. Si mes ailes ont enfin poussé, et si elles vont s'ouvrir, je les brise! »

Je ramassai une pierre plate et polie, je traçai sur la surface :

Vous resterez le plus délicieux de mes souvenirs.

Et je la lui donnai.

— « Je la garderai toujours », dit-elle.

Puis elle reprit : « Vous : le plus triste de mes souvenirs. »

— « Mon départ vous fait donc un peu de peine? » demandai-je.

— «Beaucoup. » Et elle ajouta timidement, baissant les yeux : « Je puis vous le dire,

puisque vous partez, j'aimerais être longtemps, longtemps, avec vous... »

A ces mots, j'aurais voulu me jeter à genoux
sur la route et baiser le bas de sa robe.

Alors seulement je sus son nom. Je le lui
demandai pour le graver dans ma pensée. Elle
s'appelait Aurélia.

Elle cueillit des petites marguerites et des
myosotis, et me les donna... Il y avait un peu
de neige au bord de la route, elle en ramassa,
elle en forma une boule et me la tendit : Gar-
dez-la en souvenir de moi.— Mais elle va fon-
dre.— Votre souvenir fondra-t-il moins vite?
dit-elle tristement. Et c'est par de tels mots
discrets qu'elle me témoignait son émotion.

Nous étions arrivés au col du Galibier. La
voiture s'était arrêtée, les chevaux soufflaient.
Il y a là, sur ce sommet, une petite maison de
cantonnier, avec une terrasse de laquelle on
domine le panorama le plus merveilleux qu'on
puisse voir au monde.

Le soleil roulait entre les montagnes, les glaciers scintillaient, la neige admirable dormait dans la lumière. Là-bas, là-bas, dans la vallée, un torrent remuait du feu. Les montagnes au lointain étaient vaporeuses... A une grande distance, à nos pieds, au milieu des prairies du Lautaret, au bord d'un mince filet blanc, on distinguait un petit carré clair. Ce point, gros comme une mouche, c'était le chalet où nous avions vécu, où je l'avais entendue chanter, où je l'avais entendue vivre, où je l'avais aimée ; je ne pouvais en détacher mes yeux. Combien de fois dans l'avenir ma pensée y reviendrait-elle? Combien de fois le souvenir et la nostalgie de cet amour si court, si pur et si beau, dans cette solitude, loin du monde, entouré de visions grandioses, viendrait-il faire saigner mon cœur?... Enfin, je reportai mes yeux sur elle. Je la vis épouvantablement triste...

Nous étions près de l'Italie ; on nous donna

du vin d'Asti. J'en fis mousser dans nos verres.
« A votre bonheur », dis-je. « Au vôtre »,
répondit-elle en tremblant.

Cependant le cocher faisait claquer son
fouet. On allait partir. Je tins dans la mienne
en silence la main d'Aurélia. Je la pressai
simplement ; puis nous nous dîmes adieu. Je
montai dans la voiture qui s'ébranla et péné-
tra sous le tunnel du Galibier... J'étais dans
la nuit, je m'y enfonçais. Je me retournai
et je vis, point noir immobile dans le trou de
lumière là-bas, nous regardant disparaître,
Aurélia, Aurélia !...

La voiture sortit du tunnel. Nous étions sur
l'autre versant de la montagne. Un panorama
nouveau s'offrait à nos yeux.

Et nous commençâmes à descendre.

Novembre 1902.

VOYAGE A FLORENCE

Arrivée de nuit. — Nous nous sommes trouvés devant la gare sous la pluie au milieu de gamins qui criaient : Signor! Signor! et de cochers en chapeaux de soie qui venaient nous tirer par la manche et nous montraient leurs fiacres. Ceux-ci étaient remarquables parce qu'un immense parapluie vert en abritait le siège... Alors nous avons demandé

10

notre chemin à un employé de tramways que
nous avons pris pour un officier.

Il s'agissait d'aller au Dôme : celui d'entre
nous qui avait étudié le Guide savait que notre
hôtel était situé près du Dôme. Nous montâmes dans un tramway, lequel s'arrêta aussitôt : le Dôme, c'était là... Des murs de
marbre blanc et noir s'offrirent à nous; nous
les longeâmes avec étonnement et méfiance;
puis nous entrâmes dans une rue sombre où
nous découvrîmes l'hôtel. Tout y brillait, illu-
miné, et les portes étaient tendues d'une étoffe
jaune éclatante. Les valises posées, nous re-
partîmes dans la nuit.

Ayant — errant dans les rues — foulé de
nos pieds fatigués bien des dalles unies, nous
arrivâmes sur la piazza della Signoria. Un cavalier de bronze, puis une fontaine, puis des
murs énormes et crénelés, puis, sous une
loggia, un peuple de marbre, successivement
nous surprirent. Nous distinguions dans l'ob-

scurité des monuments extraordinaires. Nous ne disions pas mot, inquiets.

Nous dînâmes dans une fiaschetteria, où des planches tout autour supportaient l'alignement d'innombrables fiasques couchées sur leurs gros ventres.

Premier matin. — Il pleut. Ces énormes palais, leurs lourds blocs et les anneaux formidables qui y sont fixés, leurs fenêtres grillées, enfin le ciel gris : on étouffe ici. Marchons; par là on arrive à l'Arno. Dieu! que cette ville est sombre!

Nous nous sommes trouvés sous une galerie couverte qui longe la rivière; la galerie est couleur de terre brûlée, ses arcades, à mesure qu'on avance, l'une après l'autre, s'ouvrent : alors le Vieux Pont tout chargé de petites maisons, et sur la rive opposée des murs anciens dont le pied est baigné par l'Arno, paraissent et disparaissent... Puis une colline dont la ligne fléchissante est rompue par de noirs cyprès.

A notre sortie de la galerie, un portique s'offrit qui dominait majestueusement le fleuve. Nous tournâmes à gauche : nous fûmes dans une cour de palais. De là, entre les lignes parallèles de deux constructions à colonnades, une tour fortifiée se jette dans le ciel. Nous avançons, nous débouchons sur la place de la Seigneurie.

Et voilà, au jour, le Palais Vieux, formidable, avec son architecture inconnue, romane et mauresque, un cube crénelé à cabochons dominé par une tour quadrangulaire. A côté, la Loggia dei Lanzi surprenante dans sa grâce, et encore parce que c'est un musée en plein air et où les pauvres peuvent venir se coucher entre les statues sur des bancs de marbre. Tout est saisissant ici, jusqu'à la forme de la place, jusqu'à la façon dont les statues, la

fontaine, sont placées, au hasard semblerait-
il, et cependant dans une proportion parfaite
avec l'ensemble.

Plusieurs jours, sans pouvoir nous remettre
de notre étonnement, nous avons erré dans
Florence. Nous ne parvenions pas à définir ce
que nous sentions. « Moi, je me promène
comme dans un tableau », disait l'un. « Moi,
je crois que je suis un de ceux des Mille et
une Nuits qui entrent dans une ville magique.
Elle ne ressemble à rien ni de ce que je
connais, ni de ce que j'imagine. Je suis entouré de personnages très subtils. Il va se
passer des choses incroyables. » — « Je ne
sais pas du tout où je suis, moi, disait le
troisième. Ce n'est pas une ville ici, c'est la
propriété de quelqu'un. Je crois toujours
qu'un domestique va paraître et demander
ce que j'y fais. »

On s'imagine dans des galeries et des cours
de palais, non pas dans des rues. Sur la place

les statues qui, suivant l'usage antique, se
trouvent à même la chaussée, présentent à
l'imagination une idée mêlée d'héroïque et de
familier. On dirait qu'on a pris un passant
de marbre et qu'on l'a mis sur un socle.
Ici on trouverait assez naturel de voir des passants de marbre. Et ces dalles, ces larges
dalles sur lesquelles on marche toujours, nous
mettent hors de la rue, dans un palais, nous
gens de France depuis des siècles habitués aux
pavés. A Florence, on a la sensation de se
promener dans une cité non pas publique,
mais particulière. Elle appartiendrait à deux
ou trois familles qui l'aurait ornée pour leur
agrément.

Nous avons contemplé le merveilleux *Persée*, puis le lion que Donatello a posé sur
l'escalier du Palais. Enfin, nous avons fait
connaissance avec ce Bandinelli dont les
géants mous encombrent tant de places à Florence.

Mais le *Persée* dont la fonte a coûté de si grands efforts au Benvenuto, le voilà donc !... Ce que le grand Florentin en a écrit dans ses Mémoires me revient. Le duc contestait le prix que le sculpteur demandait. « Tu te laisses aveugler par l'intérêt, disait-il. Je ferai estimer la statue et je la paierai ce qu'elle vaut. » — « Comment serait-il possible que mon ouvrage fût estimé ce qu'il vaut, repartait superbement Cellini, quand aujourd'hui il n'y a pas à Florence un seul homme en état d'en faire autant ! » Et il continuait : « Si le Bronzino se fût appliqué à la sculpture, de même qu'à la peinture, peut-être aurait-il pu s'acquitter de ma tâche avec un égal succès. Michel-Ange Buonarotti, mon maître, aurait pu dans sa jeunesse faire une statue semblable à la mienne. Mais maintenant qu'il plie sous le poids des années, il n'en viendrait certainement pas à bout. Je suis donc autorisé à croire qu'aujourd'hui on ne trouverait pas un seul

homme au monde capable de mener à fin une
telle entreprise. »

Nous étions émerveillés, saisis ; nous rê-
vions les yeux ouverts. Je me souviens de
notre extase devant chaque chose, elle nous
paraissait plus belle que ce que nous avions
jamais vu jusqu'à ce jour.

Il pleuvait cependant, mais nous ne le sentions pas. Combien de temps sommes-nous
restés devant la porte du Baptistère ? Et sous
un parapluie !...

Dans la cathédrale nous assistâmes à une
extraordinaire cérémonie. Au milieu, dans
une énorme cage de verre, cent prêtres se
mouvaient en chantant. Un grand antipho-
naire placé sur un pupitre élevé, éclairé par
une torche, les dominait. Ces formes noires
violemment illuminées par les flammes s'agi-
taient comme au fond de l'eau, à travers la
vitre. Le tonnerre de leurs voix roulait sous

les voûtes. Puis, dans les intervalles de silence, on entendait, venant de chapelles lointaines, le murmure des fidèles perdus dans l'obscurité.

Un baladin. — L'après-midi, nous voulions aller aux jardins Boboli. Mais sur une petite place le peuple s'était assemblé ; nous nous approchâmes : c'était un baladin qui faisait des tours de passe-passe. La muscade passait d'un gobelet dans l'autre, et le mouchoir était escamoté. L'homme avait une tête de grotesque antique, le nez et la bouche larges, les yeux hardis, le rire stupide ; quant aux gestes et à la démarche, extraordinaires de prestesse et de feinte balourdise. Petit, un gros ventre sur lequel bavait la chemise, il allait de l'un à l'autre, vivement, parlant avec un bagoût étourdissant, et lâchant à point des gaillardises qui faisaient rire les commères, les gamins, les rustres l'entourant. Il était adroit et nous a charmés.

Nous l'avons regardé si longtemps que quand nous sommes arrivés aux jardins Boboli, ils étaient fermés. Le gardien, habillé de noir et coiffé d'un bicorne avec des ornements d'argent, avait l'air d'un ordonnateur d'enterrement de chez nous. Mais il était plein de politesse italienne, et c'est avec un sourire et un signe de tête d'homme du monde qu'il a refusé la pièce qui brillait dans le creux de notre main et par laquelle nous voulions forcer la consigne.

Nous avons donc continué notre chemin. La rue était jolie. Nous avons vu conduire au grand trot un mort à sa dernière demeure. Puis un charmant jardin et un pavillon qui ressemblait à un petit temple, — dans une victoria des jeunes femmes d'une gaieté libre, — des jolies filles aux fenêtres... Et puis, en rangs, des petits garçons de dix ans habillés en prêtres.

Nous sommes sortis par la porte romaine,

nous avons été sur la route. De tant de chemins qui mènent à Rome voici le plus direct... Le ciel, à l'horizon, était lumineux, et, partout ailleurs, noir.

Pêle-Mêle. — **Nous** étions logés derrière le Palais Vieux. Quelle rue sombre !... Un marchand de journaux avait installé son étalage sur le noir mur du Palais. On pouvait voir, en passant, le gros coloriage de l'*Asino*, et les gravures sentimentales de la *Rivista d'Amor.* Pour lui, d'une voix pleurarde, traînant sur la dernière syllabe, il annonçait le *giornale* et les événements du jour... Il circule dans la rue des gardes civils dont le bicorne à pompon bleu, l'écharpe, la tunique, rappellent infailliblement nos commissaires de la Convention. A Milan, déjà, la police portait un chapeau haut de forme aux larges ailes, une vaste redingote et un gourdin, comme nos anciens demi-solde... Et, partout,

les petits soldats avec leur képi à deux pointes,
leurs guêtres et leur pantalon blanc semblent,
pour une moitié des soldats de la Révolution,
et des Autrichiens pour l'autre. L'Italie ainsi
a l'air de se traîner mollement à la suite des
autres nations. Elle vit en retard. Mais elle
est le passé glorieux. Comment lutterait-elle
donc avec une Amérique qui, derrière elle,
n'a rien, qui s'élance dans le champ du monde
comme un poulain dans la plaine, qui ne
murmure pas avec lassitude : « Déjà, par
ceux de ma race, tout a été fait! » mais qui
s'écrie : « Je suis jeune, je suis neuve. A moi
de vivre! » Ici les morts s'attachent à nos
pieds et nous tirent en arrière.

Ce qu'on rencontre de caractérisque à
Florence, dans la rue, avec ces soldats
d'autres époques, ce sont les voitures à deux
roues, toutes petites, traînées par de minus-
cules chevaux dont le trot vif claque précipi-

tamment sur les dalles. On dirait des jouets
comme la voiture aux chèvres des Champs
Élysées. Une fois, sur la place Victor-
Emmanuel, j'ai vu un âne beaucoup moins
haut certainement qu'un chien de bonne
taille, attelé à une charrette d'enfant où deux
personnes étaient assises. L'air sérieux du
cocher et le tricotement infiniment rapide
des petites jambes de l'âne étaient irrésis-
tibles.

Bien des hommes du peuple portent de
gros manteaux rouges, aux énormes cols et
manchons de fourrure commune. On dirait,
avec leurs chapeaux mous, des bergers.

On stationne beaucoup dans la rue. Le sta-
tionnement nous étonnait et nous croyions que
ces gens debout arrêtés attendaient quelque
chose. Non, ils n'attendent rien. Ils demeurent
là par passe-temps. Cela est tellement dans
les mœurs que pour les officiers et les jeunes
élégants, la mode commande de rester pen-

11

dant des heures devant les pâtisseries fréquentées par les dames. On est là, on ne bouge pas, on cause, et pendant ce temps, les dames entrant chez le pâtissier, vous voient. Cela fait toujours passer une heure.

La rue à Florence. — La rue de Florence est un boyau sombre, bordé de deux formidables masses de blocs rugueux, et sur quoi s'ouvrent des fenêtres grillées et des portes massives qu'on ne pourrait forcer qu'avec de l'artillerie. L'usage des corniches qui bordent le toit de chaque maison retire encore du jour à la rue. On voit le ciel comme un petit ruisseau fuyant dessus la tête. Et l'on est oppressé comme dans un couloir découvert de prison.

Il a plu beaucoup pendant notre séjour, aussi cette impression était-elle encore plus saisissante ; à cause de la pluie les dalles de la chaussée étaient noires. On se revoyait à

l'époque des guerres civiles qui ont ensanglanté la cité. On se sentait dans une ville
fortifiée et d'hommes d'armes; à chaque
tournant de rue, on croyait qu'on allait
tomber dans une embuscade de Guelfes ou
de Gibelins. Et l'on se demandait avec anxiété
par où l'on pourrait s'enfuir dans ces couloirs où toutes les portes seraient fermées
et où les fenêtres grillées détruisaient tout
espoir de salut. Un soldat qui tombait dans
un groupe de partisans ennemis était sûr de
son affaire; il était là avec eux comme dans
un cachot verrouillé.

Cette impression pénible nous tenait; la
pluie ne cessait pas. Un matin cependant le
soleil arriva et nous eûmes quelques beaux
jours; alors, dois-je le dire? je regrettai le
ciel gris; le ciel gris me semblait compléter
cette ville triste et terrible. Et Florence avec
du soleil ce ne fut plus Florence.

Flânerie. — Je me souviens d'un matin... je flânais sur le Lung Arno, regardant les collines qu'un peu de brume couvrait. Cette journée s'annonçait belle. Arrêté au milieu du pont, j'embrassai la matinale splendeur du fleuve empli de lumière. A ce spectacle radieux, d'anciens émois, de vieux désirs s'éveillaient dans mon cœur, et j'y retrouvais avec un plaisir mélancolique le goût de sentiments finis... C'est bien avant d'être un vieillard qu'il nous faut déjà vivre avec des morts.

J'avais traversé, j'avançais, rêvant, dans un quartier lointain, j'avais l'intention de visiter je ne sais plus quelle église. En passant par une petite rue, je remarquai au pied d'une maison une sorte de réchaud allumé près duquel se tenaient deux ou trois vauriens. L'un d'eux prit un balai de paille posé près du réchaud, et il commença à l'enflammer. Les autres riaient. Mais une persienne de la maison, au deuxième, se poussa, on entendit

une femme jurer, et soudain un seau d'eau
tomba, éteignant le réchaud, le balai, et arro-
sant le farceur. Alors toute la rue ne fut
qu'éclats de rire...

J'entrai ce matin-là chez un rétameur, et
j'achetai une lampe florentine à trois becs.
« *Tre lire* », disait l'homme. — « *Due* », répondais-je. « *Tre* », faisait-il encore. « *Due* », ré-
pétais-je. « *Tre* ! *Tre* ! *Tre* ! » Il n'en démordit
pas. J'emportai aussi cependant un petit bé-
nitier que de guerre lasse il m'abandonna.

Je marchandais fort depuis qu'un brocanteur
m'avait laissé à dix *soldi* des estampes que
d'abord il me comptait cinq *lire*... Mais quel
plaisir de fureter dans toutes ces vieilleries !
Un morceau d'ancienne soie, une bague, une
tabatière, cela fait lever tant de rêves... Je
crois bien que je connais toute la brocante de
Florence !...

Impression. — Rien ne me porte davantage

11.

à rêver qu'une visite au musée. Devant ces
tableaux, copie d'une réalité passée, je revis
des choses mortes, je ressens des sentiments
éteints, en moi j'écoute comme un enfant de
belles histoires. Ce n'est point seulement le
mérite du peintre et la beauté de la couleur et
des formes que j'aime dans un tableau et qui
me décident à entrer dans une galerie où se
trouvent réunis de vieux chefs-d'œuvre, c'est
tout ce que cela me murmure à l'âme. Je suis
transporté en d'autres époques, je vois des
gens qui ont aimé, qui se sont battus, qui
ont joui, et qui sont morts ; une rêverie
qui m'est douce s'empare de ma pensée...

Voilà le charme infini de Florence. Florence
n'est que passé, vous y marchez de rêve en
rêve. Comme on est en voyage, c'est-à-dire
séparé, détaché de sa propre vie, on ne sait
plus qui l'on est, où l'on est, si c'est à présent
ou autrefois, si l'on est en vie ou en songe. Que
vous vous arrêtiez dans un musée, ou dans

une église devant des fresques fanées, c'est toujours ailleurs qu'ici et aujourd'hui que vous êtes, et quand vous sortez, le charme ne se rompt pas, car la rue est contemporaine des tableaux dans lesquels il y a un instant vous respiriez.

Je ne puis exprimer la magie de ce séjour, tout y contribue, et les noms qu'on entend : Dante, Donatello, Cellini, Médicis... et les paysages desquels, à cause de notre culture et des poètes latins, nous croyons *reconnaître* la grâce antique, et tout enfin, tout ce qui nous entoure ... Je me souviens d'un matin dans la cour des Offices. D'innombrables pigeons blancs pavaient le sol, s'agitant familièrement à nos pieds. Puis, tous, ils s'envolèrent, rapide et fuyant nuage de neige ; ils s'étaient posés sur les corniches. Enfin ils revinrent à terre : un grand coup de vent m'enveloppa, à cause du battement de tant d'ailes...

Florence culinaire. — A Florence tout est délicieux, tout, sauf la cuisine. D'abord nous supportâmes d'un cœur égal les pâtes et le chianti. Même l'un de nous s'en régalait. « Donnez-moi, disait-il tous les jours au garçon, donnez-moi ce que vous avez de plus italien »; et l'*affetato misto* succédait aux *lasagnes*, et la *testina alla Parmeggiana* à l'*affetato misto*.

Pourtant quelques lourdeurs à l'estomac bientôt nous avertirent : l'enthousiasme s'apaisa. Puis survint l'inquiétude, le malaise. Du sanglier à l'aigre-doux, c'est-à-dire apprêté au vinaigre et au sucre, duquel on nous servit un matin, nous révolta enfin. Ah ! quelles mains nous tendîmes vers le ciel de France et notre chère cuisine, la plus jolie, la plus fine, la plus légère du monde ! France, ô mon pays, où l'on cultive toutes les grâces, jusqu'à celle de manger avec art !...

Notre ami pourtant ne s'avouait pas vaincu. Son estomac criait merci, sa mine se tirait, il avait les yeux cernés et l'humeur noire. Mais il continuait à soutenir les bienfaits de cette nourriture barbare. Un jour enfin, n'en pouvant plus, voulant renoncer mais sans en convenir, il usa d'un détour charmant: « Donnez-moi, dit-il au garçon, donnez-moi quelque chose de très italien... qui corresponde au bifteck... »

Le petit manuel de conversation. — *Bottega* ! *Bottega* ! faisait un Français, notre voisin à table, pour appeler le garçon. Le garçon le regardait avec surprise. « *Bottega* ! » Point de réponse. « *Bottega* ! *Bottega* ! » le garçon ne bougeait pas.

C'est que *Bottega* veut seulement dire boutique. Le Français parlait l'italien d'après son manuel, et son manuel le trahissait.

Mais les Italiens qui viennent à Paris, et qui, eux, parlent le français d'après ce manuel encore, sont trahis de même. A quelle langue reste donc fidèle ce petit manuel franco-italien?

Voici, un dialogue de chez nous « en diligence » :

— *De grâce messieurs, un peu de place.*

— *Vous me foulez les pieds.*

— *Vous m'abîmez le chapeau.*

— *N'asseyez-vous pas sur mes genoux.*

— *Ah! vous me suffoquez.*

— *Je vous demande mille pardons.*

— *Permettez-moi de croiser mes jambes.*

— *Allongez votre jambe droite.*

— *Retirez votre bras gauche.*

— *Est-ce que je vous gêne encore.*

— *Je ne puis pas aller à rebours sans me
trouver mal.*

— *Pour moi, c'est indifférent d'aller en avant
ou à rebours...*

Vous savourerez aussi certainement cette
conversation avec le coiffeur :

— *Donnez-moi vite le peignoir et une ser-
vietle.*

— *Ah! vous m'avez fiché le pinceau dans la
bouche.*

— *Vous l'avez ouverte quand je ne m'y
attendais pas.*

— *Il me sort du sang, — vous m'avez rasé
à contre poil.*

— *Je n'ai coupé qu'un petit bouton.*

— *Les moustaches ne vous semblent-elles
pas trop longues?*

— *Et les favoris.*

— *Voulez-vous friser les cheveux?*

— *Non. Ils frisent naturellement.*

Ce « Non. Ils frisent naturellement » du
français est peut-être d'ailleurs un mot de caractère.

De Michel-Ange. — Tout Michel-Ange est
dans la chapelle Médicis. Le célèbre Penseur,
Laurent armé qui réfléchit, avec son attitude

héroïque et son costume, me paraît une expression complète de ce génie. Génie hors de la vie, et en même temps plein d'elle. Du théâtre, mais ni tragédie ni drame, plutôt opéra. Avec en outre un caractère italien frappant.

Ses héros ne vivent pas à la façon des hommes, mais à celle des statues ; Michel-Ange est le type du sculpteur plus que celui de l'artiste, ce n'est pas lui qui dans la rue va s'arrêter, saisi d'une religieuse émotion, devant une femme portant un enfant ou devant n'importe quelle scène pénétrante. Il n'est point ému par la signification psychologique et profonde des détails de la vie. Ce que dans chaque sentiment il voit, c'est son aspect sculptural, ornemental, architectural. Aussi chaque sentiment devient-il pour lui abstrait, et il le représente comme une abstraction au lieu de le saisir à même la vie. Michel-Ange ne sent pas ses sujets en homme, mais en sculpteur. Toute la vie à ses yeux est sculpture.

La parenté d'Hugo avec Michel-Ange est visible. Tous les deux, de sombres génies, et qui au fond n'aimaient pas la vie, ou plutôt qui n'aimaient pas. L'un sentait de la vie le moment sculptural, l'autre le moment verbal, ils n'étaient point par la vie elle-même attendris. Devant les créations de Michel-Ange, je pense forcément aux personnages des *Misérables* formidables et simples.

O moins grand, ô délicieux, humain Donatello !

Sa maison. — La maison que Michel-Ange habita se trouve sur la via Ghibellina. En y allant, nous avisâmes, pendues contre les vitres d'une petite boutique, des poupées dont la forme, le vêtement et la figure étaient fort naïves. C'est un vieux, aux yeux bleus limpides, qui les fabriquait avec des chiffons ; dans un coin traînait une paillasse, sans doute il couchait là. Il me parut joli, allant chez Michel-Ange, de rencontrer ce créateur ingénu...

Ce qui, dans la maison, est émouvant, c'est le cabinet où il travaillait. Une porte dissimulée dans une boiserie, impossible à deviner, y donne accès. Grand comme une armoire : un mètre sur deux ; une planche fixée à la cloison, un escabeau. L'idée de ce génie caché dans le mur donne un frisson ; on allait et venait par la maison, sans le soupçonner, et lui, silencieusement, mystérieusement, invisible à tous, méditait. On ne se doutait de rien, et derrière la boiserie, dans le mur, il y avait un homme caché, immobile et méditant formidablement.

C'est bien dans le génie de Michel-Ange. Cela est d'une furieuse contention, d'un désir de solitude et d'un repliement incroyable. — Cet extraordinaire cabinet m'a rappelé — peut-être parce qu'il en est le contraire, mais fraternellement — celui du père Hugo à Guernesey : sur le haut d'une maison une cage de verre au milieu du ciel et de la mer.

... On circule à travers les salles. Dans l'une on a conservé sous des vitrines des manuscrits, des dessins, de la main de Michel-Ange. On voit aussi des plans de maisons. C'est ce qui m'a davantage arrêté; sur un plan toutes les pièces sont indiquées, jusqu'à la cuisine. C'est Michel-Ange qui sur ce méchant papier a écrit là ce petit mot : *cucina!*

Aux jardins Boboli. — Notre première promenade dans les jardins Boboli fut charmante. Il pleuvait, l'odeur de la terre mouillée s'exhalait du sol où nous marchions, une grande tristesse était répandue sur les choses; des arbres aux feuillages fins et jaunissant doucement recevaient la pluie. Nous errions dans les allées désertes, regardant silencieusement les statues, les charmilles et les bosquets... Au-dessus de l'amphithéâtre, une femme en grand costume de princesse, immobile sur un socle, domine le triste paysage.

Nous descendîmes une allée de cyprès et, par une porte dont les deux montants sont ornés de colonnes supportant l'image de chèvres bondissantes, nous parvînmes à un petit bassin circulaire. Il est bordé d'arbres dont les rameaux coupés en forme de niche abritent des personnages rustiques ; au centre du bassin on a dessiné une petite île ; un cavalier de marbre traverse l'onde. Tout cela d'une mélancolie parfaite ; le ciel plein de cendres, le bruit des gouttes d'eau sur les feuilles, la solitude... La pluie dans les jardins m'enchante.

Il se trouve aux jardins Boboli une grotte du plus ravissant mauvais goût. Des personnages qui semblent naître de la rocaille rose et se confondent avec elle, ornent la paroi : ce sont des bergers et leurs moutons, un vieil ermite, des femmes ; tous comme les moutons sont couverts d'un lainage de pierre, il faut les deviner. Aux quatre coins de la grotte, des torses taillés par Michel-Ange apparaissent.

Une fontaine au milieu murmure, et dans une boule de verre où l'eau passe, trois plus petites boules perpétuellement s'agitent. — Au fond, dans la seconde grotte, une femme nue surgit d'une vasque. Accrochés à celle-ci, des satyres au visage violent regardent la femme nue.

L'Angelico. — Notre pauvre nature humaine sans cesse est balancée entre deux extrêmes, en chacun desquels tour à tour elle pense rencontrer le souverain bien. Un jour, c'est la volupté qui m'attire et dans laquelle je crois que je trouverai le bonheur; le lendemain une vie de sagesse, de raison, réglée et austère, m'apparaît la plus belle et la plus désirable. C'est cette contradiction perpétuelle, avec ses élans opposés, qui remplit notre vie et qui lui donne son goût ardent. Je ne sais point lequel à Florence j'ai davantage aimé, d'Angelico, le plus chaste des peintres, ou du voluptueux le Titien.

12.

Dans le couvent de Saint-Marc où les fresques du Beato Angelico sont conservées,
quelles heures j'ai passées! Là j'ai connu une
âme infiniment pure. Un cœur de saint s'est
révélé à moi, à ma surprise d'abord, puis, à
mesure que je l'apercevais mieux dans ses
nuances et dans ses détails, à mon amour et à
mon extase.

Vous passez une porte qui ouvre sur le
cloître, la porte du parloir, et vous voilà dans
une salle froide, devant la plus grande fresque
de l'Angelico, une *Crucifixion*. Au pied de la
croix, en deux groupes : la Vierge et les
femmes, — les Apôtres; six de ces derniers se
traînent sur les genoux; chaque visage
exprime la douleur, mais de la façon propre à
chacun; et les différences de caractère sont
accusées dans la manière de souffrir avec une
finesse et une profondeur extrêmes. L'un,
sombre, fixe la Croix d'un œil glacé; l'autre
est fier, il supporte avec énergie son malheur,

ses sourcils froncés seuls indiquent la violence
de ses mouvements intimes; celui-ci s'abandonne à son désespoir et courbe la tête, celui-
là répand des larmes, tandis que celui qui le
touche n'en peut plus verser. La femme qui
soutient la Vierge exprime merveilleusement
l'affliction partagée et la compassion impuis-
sante. Et tous ces visages sont simples; point
d'éclat : on pleure pour soi. Mais chacun d'eux
a été observé et fixé par un psychologue admirable.

Assis dans le parloir froid devant ce tableau,
j'étais saisi par la qualité de l'observation de
l'Angelico. Une telle finesse et une telle péné-
tration, la profondeur des sentiments et le naturel avec lequel ils sont rendus me transpor-
taient. Lorsque, ayant accompli le tour du
cloître, j'eus connu d'abord le *Saint Pierre*
qui, un doigt sur la bouche, recommande le
Silence, et qui en est lui-même la plus parfaite
et la plus émouvante image, mystérieux et

oppressant comme un masque, les yeux ouverts et la bouche close, puis les deux saints Domi-nicains et *Jésus*, avec le doux élan de leurs visages; — je commençai à m'expliquer ce que l'Angelico me faisait éprouver, la nature de son génie, et celle de mon émotion. Son génie, c'est celui surtout d'un ecclésiastique. Un ecclésiastique, un religieux, un homme de méditation, de silence et de vie intérieure seulement peut parvenir à une perception aussi nuancée, aussi variée des sentiments L'église est une école unique d'analyse, et la vie monastique, renfermée et solitaire, paraît la mieux comprise pour qui se voue à l'analyse. La vaste et profonde observation de l'Ange-lico est fille d'une existence où il était dans les meilleurs conditions pour songer à tout ce qu'il voyait et sentait. Seul dans sa cellule, peindre au milieu du silence d'un monastère !...

Par un jour brumeux et froid de novembre,

un matin que je me trouvais encore devant la *Crucifixion*, et que je n'entendais, au milieu de ma pensée, que le pas du gardien sonnant régulièrement sur le pavé du cloître, un petit chat gris entra dans le parloir à pas muets, vint jusqu'à moi, se frotta en ronronnant au pied de mon siège, puis me sauta sur les genoux. Je l'avais laissé faire : il monta le long de mon bras et s'allongea sur mon cou. Et tandis que je regardais la fresque, je sentais contre ma peau la chaleur de sa fourrure. Tu m'as parlé, petit chat gris, animal mystérieux comme le *Saint Pierre* au doigt sur la bouche, animal de moine, subtil et plein de nuances. Tandis que dans la paix du couvent, caressant, tu te frottais contre mes cheveux, l'âme de l'Angelico m'est devenue encore plus claire. Les méditations auxquelles il se livrait dans ses longues heures de solitude m'ont apparu sur les visages de ses personnages, et j'ai vu devant mes yeux les traits de son âme. Ce fra

Giovanni avec sa psychologie aiguë, eût fait en vérité un bon évêque de Florence. Il a refusé du pape Nicolas V ce grand honneur. Mais c'est que, en même temps qu'un ecclésiastique, l'Angelico était un saint.

Sa sainteté, — ainsi que sa merveilleuse divination des cœurs, il la tient d'un état de grâce constant, d'une élévation de l'âme incessante, — vous la concevez quand vous êtes monté au premier étage du couvent, et que, parcourant le magnifique couloir, vous visitez les cellules. Dans chacune d'elles le frère a peint une petite fresque. Devant celles-ci vous comprenez alors qu'il était véritablement inspiré.

« Lorsqu'il prenait le pinceau pour travailler, il se mettait en prières et on l'a vu tout baigné de larmes pendant qu'il travaillait à *Crucifix*, dans le souvenir qu'il avait des peines que ce divin Sauveur avait souffertes sur la Croix », dit un biographe.

Nul, en effet, n'a jamais peint avec une pareille émotion ; nul n'a à ce point porté ses sentiments sur le visage et parmi les gestes de ses héros. C'est un homme en prières qui a imaginé ces fresques, un homme dont l'âme parlait, et qui, pour s'écouter, se penchait sur lui-même avec le plus tendre génie.

Dans les ouvrages de l'Angelico, rien qui distrait du sujet principal, lequel est l'émotion divine des vierges et des saints; le décor est réduit à son minimum strict, et la forme n'est pas employée pour elle-même, mais pour exprimer la vie intérieure. Voyez cette *Prédication sur la montagne* : les douze apôtres entourent Jésus sur un sommet absolument nu, sans une plante, sans une herbe. Il parle; et la scène est inouïe. Qu'y a-t-il cependant? rien que douze visages et douze attitudes, mais si profondément expressives que l'émotion aussitôt nous saisit... Voyez le Christ aux limbes. Là, rien qu'un mouvement : l'élan des bienheureux vers le Christ, mais il est prodigieux!... Aucun peintre n'a su traduire avec cette intensité la vie intérieure. O l'*Annonciation* qui se trouve dans la troisième cellule! Le corps de la Vierge n'existe plus comme un corps, tout est devenu âme. Agenouillée, les bras en croix, devant l'Ange, elle est immatérielle et pourtant vraie. Cela est adorable, il n'y a là ni décors, ni personnages inventés et artificiels comme dans Botticelli; non, c'est une scène de la vie, mais elle est vue par un saint, avec une innocence infinie!

Cependant j'ai ouvert la petite fenêtre de la cellule dans laquelle un des hommes les plus beaux qui aient existé, éprouva de telles émotions. J'ai voulu voir ce qu'il pouvait regarder quand il se reposait : là-bas, à gauche, se dessine la gracieuse colline de Fiesole ; à droite, apparaissent le Dôme rougeâtre et la tour de Giotto.

Dans la rue des gens passaient. Au pied de

ce couvent parfumé par un suave génie, la vie
ordinaire suivait son cours. Quelqu'un, le nez
en l'air, cherchait un numéro sur une porte,
un petit garçon s'amusait à marcher sur les
rails du tramway, des menuisiers portant des
planches avançaient lourdement; enfin, —
mais j'hésite à l'écrire, on croira que j'arrange
— enfin, justement en face de moi, arrêté
contre le mur, un homme, les jambes écar-
tées, me tournait le dos.

Du Titien. — Si Giovanni da Fiesole est
par excellence le peintre de la vie intérieure,
le Titien est le plus admirable de la vie exté-
rieure.

Tout ce que la couleur et la forme valent
en volupté, il l'exprime amoureusement :
aucun homme qui a des sens bien sains et qui
apprécie le plaisir qu'on goûte à se servir
d'eux, ne peut demeurer insensible devant ses
tableaux. Titien prend tous les sens, l'œil,

13

puis les autres, — car quelle imagination se soustrairait à l'effet d'une représentation de la nature aussi complète et aussi belle? une femme nue de Titien est si vivante et si désirable que le toucher, le goût, l'odorat et l'ouïe abondent immédiatement en souvenirs, parlent...

Les Offices contiennent les deux plus voluptueuses toiles du Titien qui est le plus voluptueux des peintres. L'une, c'est la Flora, avec son admirable chair si fine, si claire, si pleine, si savoureuse, avec ses cheveux légers, dorés et ondulés, dont le jeu sur les épaules est un spectacle exquis, avec sa chemise comme une mousseline et dont la couleur jointe à celle de la chair et à celle des cheveux forme la plus parfaite et la plus pénétrante harmonie voluptueuse. L'autre, qui se trouve dans la Tribune, est la Vénus couchée, dont le corps allongé est d'une si charmante distinction, et si jeune, et si frais

que quiconque possède l'adoration du corps
féminin s'arrête ému et attendri. La Vénus
est immobile, les yeux ouverts elle rêve ou
réfléchit; dans le fond de la pièce, une
servante penchée sur un coffre y cherche
sans doute les vêtements dont sa maîtresse
s'habillera. La Vénus attend, indolente,
incertaine, et, il semble, encore tout au
plaisir d'être étendue... Peut-être l'amant,
s'il venait maintenant, profitant de cette
disposition favorable de l'âme, serait bien
accueilli.

Titien est le peintre de la volupté. Il adore
le corps de la femme, il en peint avec délices
toutes les beautés. De quel bonheur il se
gorge en considérant ses mouvements gracieux, en s'arrêtant à chacun de ses charmes!

Je ne sais si l'on a fait cette remarque que
les peintres de la volupté sont rares. Cependant regardez dans les musées : combien peu
d'artistes ont peint le corps avec dévotion!

Les uns s'attachent à lui pour sa ligne, pour son arrangement décoratif, les autres pour sa couleur, parce qu'ici la valeur de la chair fera bien à côté de celle de l'étoffe ; presque aucun ne s'énivre en peignant la chair, ceux qui voudraient quitter leurs pinceaux pour la respirer, pour la toucher, pour la baiser, combien sont-ils ? presque tous la copient, indifférents comme devant n'importe quelle matière. Voyez Rubens qui fit tant de nu, quelle froideur !... Comme pour lui la chair n'est, ainsi que tout le reste, que matière à belle peinture. Il y a peu de peintres volup-tueux. Titien, lui, l'est infiniment. Toutes les femmes qu'il peint, c'est en amant. Il les a toutes tenues dans ses bras et s'est grisé d'elles.

C'est de Giorgione, le beau Georges, que Titien tenait l'art de jouir. A Pâris Bordone, il l'enseigna.

La maison de Patata. — Quand M. le Président de Brosses voyageait en Italie, comme il était à Venise, le désir lui vint d'approcher quelque belle Vénitienne. Il envoie donc un gondolier faire l'ambasciata à la célèbre Bagatina. On lui donne rendez-vous. Mais lorsqu'il se présente, il trouve une personne d'un maintien si noble et de manières si composées qu'il devint d'un très grand embarras sur la façon de lui dire ce qu'il désirait d'elle.

Nous nous trouvions à Florence depuis plusieurs jours et nous ne possédions encore aucun objet à qui conter nos galanteries. Que pénible à des Français !... Quelqu'un qui nous voulait du bien nous enseigna un mot magique : Patata; on loue un cocher, on lui dit : « Patata », — il a compris.

Notre voiture s'arrêta dans une ruelle fort étroite et sombre. Nous étions devant une porte aux vantaux de bronze, mais dont l'im

13.

poste ajourée laissait voir qu'il y avait de la lumière par derrière. Nous tirâmes un fil, une grêle sonnette résonna; alors des savates s'approchèrent de la porte, un petit volet s'ouvrit, une tête de vieille apparut. Elle nous examina, disparut, et bientôt la porte s'ébranla et tourna sur ses gonds.

Nous étions dans un vestibule de marbre, orné de colonnes et dans les coins duquel Michel-Ange, le Dante et Galilée, par leurs nobles bustes posés sur des socles, nous considéraient avec impassibilité. La vieille, qui d'une main portait une lampe de cuivre aux mèches fumeuses et, de l'autre, une lourde clef, nous salua, puis elle nous précéda dans un escalier monumental que nous gravîmes avec émotion. Bientôt une portière levée apparut, et nous entrâmes dans une vaste pièce toute tendue de vieux rouge où les yeux étaient attirés d'abord par un clair feu de bois flambant dans une grande cheminée.

Une banquette couverte de pourpre faisait le tour de ce salon, au milieu un large pouff et des plantes vertes le décoraient, enfin de magnifiques tableaux étaient pendus aux murs. Nous nous trouvions dans un palais et l'assistance était brillante; de jeunes dames gracieusement décolletées et vêtues d'étoffes légères, étendues nonchalamment, y faisaient la conversation avec de jeunes seigneurs pleins d'élégance. Mᵐᵉ Patata un peu délaissée fumait une cigarette en silence...

Une femme blonde et de proportions aussi monumentales que toute cette demeure faisait déborder des chairs puissantes sur la mollesse d'un canapé. Elle était fardée, elle était étincelante, des bagues chargeaient ses doigts. Et tandis qu'elle conservait l'immobilité d'une déesse, son corps majestueux paraissait sous la transparence d'un lin fin. Nous osâmes cependant lui adresser nos hommages :

« Che suis Sapho », dit-elle. Et sa voix
éraillée, lourde et vulgaire, nous parut admirable. S'adressant plus particulièrement à
l'un de nous : « Tu vois, nous sommes ici
dans le pays des églises, reprit-elle (disant
cela pour la raison qu'elle était parée comme
une châsse). Moi je suis de Brouxl'. Tu montes
en champre afec moi, mon amour? »

Notre ami conquis la suivit. Nous autres
badauds demeurâmes au salon. J'y fis la connaissance d'une Française dont l'accent était
si particulier que je ne devinai point quelle
province lui avait donné le jour. Nous cau-
sâmes : « l'Espagnol est trop matériel, me
disait-elle. L'Italien est épatant. Ça dépend
pourtant la région que tu le prends. »

Or, à la porte, un homme en ulster, barbu,
à figure d'Allemand, avait surgi. Il entra,
gêné, comme en se glissant. Puis gagna le
pouf et s'y assit, de côté. Une femme le vint
rejoindre. Aussitôt il se dressa, la prit par la

taille, l'entraîna d'un mouvement extraordinaire et disparut.

« Tu vois : de toutes les naziones », me dit
une Italienne qui était près de moi.

Mais notre ami revenait. Sapho le disputait
parce qu'il avait été long à se rhabiller. Il lui
ferma la bouche avec de l'or. D'ailleurs il la
félicitait, il affirmait n'avoir jamais goûté la
volupté avant de la connaître...

« Il est singulier tout de même qu'à Florence, il suffise de dire : pomme de terre,
pour qu'on vous mène voir de belles femmes,
et singulier encore que les plus belles Flo-
rentines soient Belges », disait notre Louis
descendant l'escalier.

La Chartreuse. — J'ai pris pour aller à la
Chartreuse ce petit tramway à vapeur qui
répand sur toute la campagne une fumée noire.
Il court sur la route de Rome, au milieu de col
lines pures surmontées de châteaux charmants.

Le style infiniment beau de la nature toscane, on peut le bien saisir en deux ou trois promenades. Une des plus magnifiques, c'est de monter à la Piazzale del Michelangelo, puis de suivre le Viale dei Colli jusqu'à la porte Romaine. — D'abord, de la place, on domine Florence. Au milieu d'une immense plaine mamelonnée et que limitent à l'horizon des montagnes bleues, la ville se tasse au bord de la rivière, commandée par son majestueux dôme rougeâtre, lançant vers le ciel tous ses campaniles. L'Arno coule doucement et s'enfuit sous trois ponts... En suivant le *viale*, des paysages délicieux apparaissent, ils se composent admirablement. C'est, mélange raffiné d'élégance et de tristesse, une ligne gracieuse, coupée par des cyprès sombres; des maisons carrées au toit plat, roses ou blanches, et qui ont conservé les belles proportions antiques, s'y reposent. Dans ce décor parfait, les plus simples tragédies pourraient

dérouler sans surprendre leurs sublimes circonstances.

Quand on va à Fiesole qui est le sourire de
Florence, c'est un enchantement de lumière
blonde, d'arbres légers, de villas claires.
C'est délicieux comme une jeune fille. On
monte, on monte toujours. Et le paysage de-
vient immense. Mamelons savoureux, mouton-
nement de verdure et d'or. On est tout enveloppé de rayons comme si entre les choses et
l'œil s'était interposée la chevelure divine de
la Flora du Titien.

Sur le chemin de la Chartreuse, au contraire, le paysage est sévère. Au lieu de domi-
ner les collines on est à leur pied. On s'insinue
entre elles dans la vallée. Leurs profils déli-
cats s'étant succédés, et plusieurs villages
traversés, on arrive à V... où l'on quitte le
tramway. V... se trouve à la base d'une hauteur sur le plateau de laquelle la Chartreuse
d'Ema s'est bâtie. — Après une ascension

laborieuse la porte du couvent se présente...
Elle s'est ouverte, le moine blanc vous a
accueilli, vous voilà sous de jolies arcades
d'où se déroule le plus délicieux paysage.

L'emplacement de la Chartreuse d'Ema a
été choisi par des voluptueux. Sur une éminence assez élevée, pas trop, pour qu'on ne
soit point perdu et séparé du monde, et que
toutefois l'on puisse jouir d'une vue étendue,
le monastère découvre de la moindre de ses
fenêtres un univers charmant. La campagne,
partout à l'entour attirante et d'une suave
mollesse, on voudrait la couvrir de baisers,
elle est exquise. Les Chartreux la compren-
nent. Chacune de leurs cellules se complète
d'une petite galerie à ciel ouvert, admirablement située, et où ils peuvent passer leurs
heures à suivre le jour décroissant sur les
choses.

J'ai senti là tout ce qui séparait la piété
italienne de la piété française. La Chartreuse

de Grenoble est en effet l'antithèse exacte de la Chartreuse d'Ema. Tandis que les Italiens ont désiré voir tout ce qui se passait autour d'eux et en jouir, les Français s'en sont séparés farouchement. Ils ont bâti leur couvent loin du monde, au pied du Grand Som, un énorme rocher aride qui dérobe toute vue ; en outre ils l'ont entouré de murailles élevées, de chaque cellule on n'aperçoit qu'un tout petit carré de ciel, le mur de la chapelle, et le cimetière... Là on se dévoue entièrement à la vie intérieure, tout ne parle que d'austérité, on veut ignorer tout du monde, n'appartenir plus qu'à Dieu et à l'étude.

A Ema, on veut goûter toujours à la joie de vivre. Là-bas on était enfoui, étouffé, aveuglé, ici on est en plein air, on respire et on voit. Le cloître de Grenoble était un couloir sombre où les pas retentissent sonores et solitaires. A la Chartreuse d'Ema c'est une galerie au toit soutenu par des colonnes gracieuses, et

14

qui fait le tour d'un jardin au centre duquel
un puits orné par Michel-Ange a été creusé.
Dans ce jardin, le cimetière se mêle au po-
tager : une terre aussi bien fumée doit donner
d'excellents légumes!

· La chapelle est extrêmement riche, le carare
et le porphyre n'y sont pas ménagés. Tout est
luxueux et beau. Le clair réfectoire est décoré
gaiement. Enfin, partout dans ce couvent, on
a le sentiment d'être sur une hauteur, ce qui
vous rend léger. A Grenoble on était étouffé
par la farouche montagne.

Tant de richesses assemblées pour per-
mettre à quinze religieux de mener une vie de
fakir! s'écrie Stendhal. — Certes on ne les
peut comprendre ici qu'avec de jolies maî-
tresses!... D'ailleurs nous étions tous séduits
par ce séjour. Chacun y eût souhaité s'installer. Une petite femme italienne, que pro-
menait un gras et indolent garçon brun, touchait les nappes au réfectoire afin d'en juger

la finesse, puis elle s'asseyait sur le lit du supérieur pour voir s'il était bon. Un Anglais s'informa gravement près du vénérable religieux qui nous servait de guide si la règle permettait de fumer.

— Non, de chiquer seulement, répondit le moine.

Du linge fin et une couche moelleuse, — une pipe et des cigares, et deux visiteurs mécréants étaient peut-être touchés par la grâce !

Décembre 1903.

CHAUSEY

A Maurice Le Blond.

I

Après une heure de navigation par une mer calme, un temps radieux, et le vent frais du matin, nous aperçûmes des rochers noirs étendus sur les eaux, et qui grandissaient, s'allongeaient, plus nous nous rapprochions. Debout sur un tas de cordages à l'avant du

14.

bateau, d'abord dans le lointain j'avais distingué des points noirs ; ces points s'étant étalés, étaient devenus des lignes, et maintenant, proches de nous, un banc de récifs qui nous défendaient de passer. Nous commençâmes donc à les longer.

L'archipel de Chausey comprend plusieurs centaines de petites îles, mais à haute mer beaucoup sont recouvertes par le flot, et en grande marée presque toutes. Je crois, qu'on compte quinze ou vingt îles qui ne sont pas formées seulement de roc et sur lesquelles l'herbe pousse. Une seule, la plus grande, est habitée. C'est vers celle-là qu'en suivant la ligne des récifs nous nous dirigions. Nous parvînmes à l'entrée d'un chenal assez large dont l'un des bords est constitué par une rive de la grande île et l'autre, souvent rompu, par une suite de petites îles regardant la plus grande.... Nous nous y engageâmes.

Il était alors midi. Le soleil au zénith frappait la mer qui balançait ses eaux éblouissantes. Le ciel était bleu et dur. A gauche, on voyait un petit mont sans arbres, sec, nu et sur lequel un phare tout blanc s'érige. Le mont fut dépassé... Une malheureuse maison apparut à mi-côte, quatre ou cinq baraques, une étroite église sans clocher, quelques cabanes disséminées. Paysage âpre et brûlé d'Océanie ; sous un grand soleil, peu de vie, et ces formes soulevées qui donnent à la terre un aspect volcanique... A droite, des îlots noirs, ras ou pointus, découpés, déchiquetés, pleins d'échancrures, pleins de menaces.

Nous abordons au pied de l'éminence qui sert de base à l'église. Près de celle-ci, — une construction en briques que rien ne désignerait pour un endroit du culte sans sa cloche fixée dans un châssis au-dessus du toit, — nous passons, et nous redescendons vers le gros de l'île. Là, trois maisons, celle du propriétaire, celle du trafiquant, l'auberge. Par devant, une place sans herbe entourée de huttes sur un promontoire qui avance dans l'eau du chenal.

Nous tournons à gauche, et nous enfonçons dans la terre. Alors, une succession de petits monts, de petites plaines : stérilité, herbe jaune et glissante, pierres et broussailles. Nous avons vite traversé de l'est à l'ouest, non sans avoir remarqué plusieurs maisons abandonnées, se dégradant... Et nous sommes parvenus à l'autre bord, sur un plateau duquel on domine la pleine mer et qui supporte des ruines, de grands murs mourants percés de meurtrières, vestiges, semble-t-il, d'un ancien château.

De là nous regardons la mer et l'île. Celle-ci, vue de ce point, c'est, seulement, à droite sur une hauteur le phare blanc, à gauche sur une hauteur le sémaphore blanc, et entre deux un sol jaunâtre coupé par un carré de verdures... De la verdure, des arbres, quel rafraîchissement dans cette aridité ! Oui, mais cet oasis au milieu d'un désert d'eau et de rochers, ce lieu d'ombre, de fleurs et de chants d'oiseaux est fermé ! C'est le jardin du propriétaire de l'île, et nul ne peut y pénétrer que lui. Les pauvres pêcheurs, repoussés par la vague sur cette pierre noire, brûlés par le soleil, altérés par le sel de l'air, voient le paradis — de l'ombre, des sources, de la mousse, des fleurs ! — et le touchent, sans y pouvoir entrer...

... Dans l'île aucun mouvement. Nous n'apercevions pas ses habitants. Aride et desséchée, elle s'étendait au milieu de la mer brillante, silencieuse, morne sous la flamme débordant de la nue qui la dévorait... Où nous distinguions de la vie, c'est dans le chenal : plusieurs barques et deux

vapeurs y mouillaient; mais derrière ceux-ci,
encore de la mort : les autres îles couchées
sur l'eau, noires, rocailleuses, et qui se
suivent comme les anneaux d'une chaîne.

Nous redescendîmes vers les trois maisons,
centre de la civilisation à Chausey. Dans
l'auberge, nous trouvâmes quelques tables et
des bancs autour d'un feu, une épaisse fumée,
le grésillement de la graisse fondante, et une
hôtesse petite, mais large.

Nous pénétrâmes ensuite dans la seconde
maison. Une grande salle au carreau de terre
battue où par deux fenêtres grillées entre
peu de lumière. Odeur de cuir et de saumure.
Des planches superposées tout le long des
murs, et sur ces planches : des espadrilles,
des hameçons, un gros fromage, des pains,
des chemises de laine, des bonnets... Au
milieu de ce singulier magasin, un homme
grand, barbe blanche, cheveux drus, en jer-

sey bleu de matelot, fume la pipe et vous
regarde tranquillement, les bras croisés. J'eus
l'impression d'un comptoir dans une colonie
et dehors, quand je revis ce soleil et l'eau
d'un bleu épais, je dis : « Nous allons voir
des nègres chargés de défenses d'éléphants
et de poudre d'or, et venant les échanger au
comptoir contre un chapeau de général et de
belles verroteries. Le vieil homme robuste les
attend. Il doit y avoir ici un résident, dix
colons, quelques fonctionnaires et une com-
pagnie d'infanterie de marine...

J'achevais cette réflexion comme un marin
qui montait de la cale et qui se dirigeait vers
la maison cria à la barbe blanche sur le pas
de sa porte :

— Des œufs! des œufs pour M. Toussaint!...

— Toussaint est dans l'île? interrogea mon
compagnon.

— Oui, sur un bateau de pêche...

Ce bateau se balançait devant nous, à l'ancre et les voiles pliées : « Allons voir Toussaint, c'est un de mes amis, il est exquis, vous verrez... » et nous sautâmes dans l'embarcation du matelot. On accosta; de l'intérieur du bateau où il était en train de dévorer des coquillages, Toussaint sortit sa bonne tête barbue, il nous fit fête, il nous retint pour pêcher avec lui pendant ces jours de grande marée...

L'après-midi, la mer était basse. Nous passâmes nos heures devant la cale sur une petite plage de sable garnie de rochers. Une bande d'enfants cherchait des pieuvres. Quels cris s'ils en découvraient une! La bête immonde allongeait et repliait rapidement ses tentacules pour fuir. Elle s'enfonçait sous le rocher. Mais les pêcheurs la tourmentaient avec leurs pieus. Elle paraissait, l'un d'eux la saisissait brusquement, l'enlevait de son repaire, la jetait sur le sable. Certains la

maintenaient, tandis qu'un autre lui ôtait la
vie au couteau. On la lançait alors sur un tas
de pieuvres déjà mortes, dont elle augmentait
l'amas gluant et flasque.

II

Comme nous remontions dans l'île, nous rencontrâmes le curé marchant rapidement vers la mer : « Bonjour, curé! » dit Toussaint. — « Bonjour! » jeta le prêtre, « excusez, je suis pressé, mon charbon est là sur la cale, la mer va me l'emporter. » Et de courir... Il arrive en bas, charge un gros sac sur une brouette, et le voilà poussant, la soutane relevée, en bonnet carré et en lunettes d'or sur sa grosse figure rouge et suante...

A Chausey, le curé est le seul fonctionnaire. — L'archipel, en effet, ne forme point une commune : pour se marier devant le maire, il faut passer l'eau et aller à Granville (est-on mort, c'est de même, car depuis plusieurs années on n'enterre plus dans l'île). Le curé est donc le maître et le père de famille, et la lumière des insulaires. Il est médecin, soigne les malades et accouche les femmes; instituteur et fait l'école aux petits enfants, magistrat et règle les différends entre les paroissiens, facteur et distribue les lettres, enfin prêtre et baptise, marie et administre.

La population s'élève à soixante-cinq habitants. Le dimanche, à la messe, le curé regarde tous les assistants, il en fait le compte, et au prêche : « Vous n'êtes que soixante-quatre, dit-il. C'est un tel qui manque. Pourquoi n'est-il pas venu ? »

J'ai parlé tout à l'heure de l'église. Il y a dix ans, l'autel n'était point dans l'église, mais dans une grande bâtisse — vide aujourd'hui — construite autrefois quand on exploitait les carrières de l'île, pour servir de cantine aux ouvriers.

Voici pourquoi il se trouvait là :

Le père des présents propriétaires de Chausey louait à bon marché au curé le terrain de l'église ; — il vint à mourir et ses héritiers voulurent augmenter la location : le curé n'y consentit pas. Or, l'île tout entière n'appartient pas à ces héritiers, l'État en possède un morceau, et l'ancienne cantine, qui ne sert plus à rien, s'élève sur ce morceau. Le curé transporte son bon Dieu dans la cantine, met une croix sur le toit, et commence à y célébrer la messe. Ainsi plusieurs années. Puis ce bon pasteur rendit l'âme. Son successeur arriva, il sut s'accorder avec les propriétaires, obtint d'eux une location à bas prix, et abandonnant

la cantine, réinstalla le placide bon Dieu dans
la véritable église.

...Nous nous promenions dans l'île, nous
vîmes une petite case isolée sur une butte et
d'où l'on découvrait toute la mer. Nous y entrâmes ; c'était la cabine des douaniers : deux
couchettes, un vieux fusil au mur, et, sautil-
lant dans ce réduit étroit une pie à l'aile coupée. Deux hommes vivent là, surveillant la
mer, au milieu de la mer, remplis de son gron-
dement, tristes comme elle, sauvages comme
elle ; l'autre jour, ils ont pris un épervier, ils
l'ont enfermé dans leur grenier, ils lui jettent
des morceaux de poisson ; si l'on entr'ouvre la
porte, on le voit, immobile, farouche, il vous
regarde d'un œil dur. On sent qu'il ne s'appri-
voisera jamais... Ces hommes et leur fauve
oiseau m'ont troublé.

...Comme le soir tombait, nous nous assîmes
devant l'auberge. Il faisait silencieux et doux.
On voyait les pauvres huttes autour de la pe-

15.

tite place où l'herbe est arrachée, puis l'eau sombre, et comme fond des rocs barbares et noirs au demi-jour du crépuscule. Sur la place, dans une attitude paisible, quelques vaches, trois chevaux, des petits chiens étaient couchés. Ces animaux mêlés faisaient penser au paradis terrestre.

— Mais à quoi donc servent ces chevaux? demandai-je à Toussaint.

— Ils charroient le charbon qu'on débarque ici parfois, me répondit-il. Voyez: on les laisse libres; ils vont et viennent, ils courent partout. Une nuit, l'un d'eux est tombé par le toit dans une de ces cabanes! Sur le toit de chaume, de l'herbe avait poussé; au clair de lune, le cheval voit cette herbe: « je la brouterai », dit-il. Il commence à monter (c'est facile; d'un côté le toit va jusqu'à terre), arrive au faîte et se met en devoir de se rassasier. Mais le toit n'était pas solide: il s'écroula. Et voilà mon cheval tombant du ciel dans la maison d'un

pêcheur couché sur son grabat et qui s'éveille
en sursaut !... Pour faire sortir le cheval on a
dû démolir à moitié la maison.

« Ces vaches étendues près des trois chevaux, on les avise de temps en temps nageant
au milieu du chenal : quand il n'y a plus
d'herbe dans cette île, elles passent dans
les petites en face, et reviennent, leur repas
fini. Vous les verrez, étranges au milieu
de la mer, semblables aux coursiers de Nep-
tune. »

...Nous tournions autour des cahutes. La
porte d'une était ouverte, nous avançons la
tête. Un pauvre homme y était assis sur son
lit, immobile, entourant ses genoux de ses
bras. Il nous regarda sans parler. Dans cette
ombre, dans cette misère, le regard de ces
yeux fixes, l'attitude et l'aspect de ce corps
nous impressionnèrent. Il ne parla point. Mais
qu'a-t-il dit, cependant? Notre âme a entendu

dans le silence son triste et mystérieux discours...

— Voilà d'affreuses masures, dit notre
ami. A peine si le jour y pénètre. Et elles sont
en ruines, les murs ne tiennent pas, les portes
ne ferment pas : on peut planter son poing
entre les ais et le battant ; l'hiver on y gèle.
Eh bien ! ces tanières sont louées aux pêcheurs
jusqu'à dix francs par mois ! Les misérables
sont exploités épouvantablement. L'homme à
barbe blanche que vous avez vu ce matin dans
cette boutique singulière qui vous faisait penser à un comptoir colonial, est le régisseur de
l'île : il est impitoyable et suce jusqu'au sang
ce peuple famélique. Lui seul a *le droit de
vendre*, vous l'avez remarqué : il vend de tout
(c'est-à-dire de tout ce qui peut être nécessaire à des pêcheurs), — et à double prix. Il
faut avoir affaire à lui ou aller à Granville.
Aussi la population, exploitée, mal traitée, di-
minue-t-elle ; les propriétaires de l'île agissent

de manière à la faire déserter. Dans l'intérieur, vous avez trouvé des maisons abandonnées ; jadis elles étaient habitées ; maintenant chaque année des habitants s'en vont ; ils quittent leur île ; ils retournent sur la côte... Hélas ! que deviendra notre Chausey ? Ses possesseurs sont deux vieilles filles sans héritiers directs, bigotes et entourées par des religieux ; peut-être laisseront-elles leur fortune et ce coin de terre admirable à quelque congrégation. Les hommes noirs exploiteront Chausey : Ils transformeront l'archipel en plage mondaine, ils y bâtiront des villas, ils y mettront un casino. Et nos îles, si intéressantes et si curieuses, ce paysage et cette vie unique, cela aura été !... Et malheureusement, mes amis, je ne tiens pas un propos en l'air. Des industriels terribles ont déjà, en effet, pensé à Chausey pour une station de bains de mer ! »

... Cependant nous prolongions notre promenade. Autour de nous, à genoux sur la pierre, les pêcheurs vidaient des poissons, ils les retournaient, les coupaient en longues lanières pour sécher. D'autres étendaient leurs filets sur le sable. Les femmes faisaient chauffer la soupe. Ce qui nous frappait, c'est le silence et la douceur de tout ce monde.

Deux enfants, dans un canot, s'amusaient. A l'âge où les nôtres bercent leurs poupées, tout petits, ils jouaient avec la mer immense. L'un — il a dix ans peut-être — est parmi les meilleurs pilotes de l'île : il connait toutes les passes, tous les fonds, tous les récifs. C'est lui qui conduit Waldeck-Rousseau, quand celui-ci, en été, vient se reposer quelques jours à Chausey (1), et ce ministre sévère sourit et l'appelle : Amiral.

— Sur cette petite île en face de nous, de l'autre côté du chenal, vous voyez une ruine, dit Toussaint. Il y a plusieurs années, c'était

(1) Écrit en 1901.

une maison, qu'un homme, tout seul, habitait. Souvent je songe à la vie de cet homme : retiré dans son île, toujours en face de lui-même, il écoute tour à tour l'épouvantable voix de la mer en furie et le frais, murmure de la vague tranquille, — et dans son cœur leur écho. Seul dans le jour, seul dans la nuit, époux de la nature, uni au ciel, à la terre, à la mer !... — Aujourd'hui, sans doute, il est mort. Belle a été ta vie, ô pêcheur solitaire !..

III

La nuit nous ramena sur le bateau. Nous
nous trouvâmes dans la petite cabine ménagée
dans la cale et qui servait à la fois de salle à
manger et de chambres. Une table avec des
banquettes fixes, quatre couchettes. On y dîna,
éclairé par une bougie fumeuse et vacillante,
cahoté par le flot brusque de la marée, mal
à l'aise. Aussi quel soulagement de repa-

raître à la surface : sur le pont ! Le temps
était beau, la lune montait dans le ciel en
faisant sa douce musique de lumière. Les bateaux captifs qui nous entouraient, du même
mouvement que le nôtre, se balançaient. On
voyait là-bas dans l'île comme des étoiles,
les petites lampes des cabanes, et quelques
ombres humaines. Nous nous étions assis et
nous respirions délicieusement la fraîcheur
de la brise en savourant ce calme, notre
indépendance, l'éloignement où nous nous
sentions de la civilisation, et enfin tout ce
que peut éveiller dans l'esprit le chant de
la mer par une belle nuit. Nous fumions en
silence...

Puis Toussaint parla ; il nous conta sa
vie, ce qu'il aimait, ce qu'il n'aimait pas, ce
qu'il eût voulu avoir, ce qu'il n'avait pas eu.
Et c'était le désir, l'espoir et la mélancolie de
toutes les existences. Et que je comprenais
cette âme !.. La lune ! la lune ! le chant de la

16

mer ! Ah ! c'était une nuit pour se parler et
pour s'entendre ! une nuit pour tout se dire !
mais nous écoutions, et nous répondions à
peine, étouffant en nous-mêmes les éclats de
notre émotion.

Nous devions pêcher à minuit. Il était dix
heures. Pour attendre, à côté les uns des
autres nous nous allongeâmes sur le pont ;
sur nos corps, un homme du bord étendit la
grande voile qui nous recouvrit tous ; sa toile
est lourde, épaisse, et l'air ne la traverse pas ;
nous avions chaud. Ainsi couchés, nous res-
semblions sans doute à des morts tous ense-
velis dans le même linceul.

Je ne bougeais pas ; j'étais balancé ; en ouvrant les yeux, c'était les étoiles. Vaguement,
je songeais que, tout à l'heure, il faudrait se
lever, entrer dans l'eau froide. On ronflait près
de moi... A minuit un matelot nous éveilla :
« La mer est haute. Il est temps.». Nous nous
habillons sans entrain, nous grelottions en

regardant l'eau et la lune. Enfin nous descendîmes dans la barque. Et nous voilà partis
avec, parmi le silence, le seul bruit des avi-
rons claquant régulièrement la mer... Mais
l'extraordinaire beauté du paysage nous eut
bientôt ranimés tout à fait. Ah! le rêveur, le
pur, le fantastique aspect des rochers sous la
lune! Ah! la lumière éblouissante sur les
criques et sur le mont livide! Les nappes de
clarté glissant sur les îles basses, et l'eau per-
cée de mille pointes d'argent! Ah! l'enchanté
sommeil, et l'extase des choses!...

Nous abordâmes sur une petite plage. Deux
pêcheurs restèrent dans la barque pour placer
la seine. C'est un long filet qu'on pose dans la
mer en demi-cercle et de façon que l'ouverture
regarde le bord; puis, entrant dans l'eau,
cinq ou six hommes s'attellent à chaque bout
et tirent à eux en revenant à terre; on amène
ainsi le filet sur la plage, et avec le filet, tout
le poisson qui se trouvait devant le bord. Nous

enfoncions dans la vase, nous sentions l'eau qui nous baignait le ventre, et nous chantions doucement, doucement, enivrés par la beauté du paysage et de l'action. « Dire que pendant qu'il existe d'aussi divins spectacles, nous dormons ! s'écria l'un de nous. Hélas ! on perd sa vie ! »... La seine, que nous sortions de l'eau, s'égouttait en larmes de clair de lune... Des mailles étendues sur le sable nous dégagions les soles, les raies, les bars verts qui s'y étaient pris, et les jetions dans un panier.

Puis on replia le filet, on remonta dans la barque, on revint au bateau, et de là, à terre, où nous projetions de coucher à l'auberge.

IV

Quand nous nous sommes levés, un charmant soleil matinal éclairait un beau ciel. Des-
cendus devant l'auberge, nous regardons les
petits bateaux dans le chenal au milieu des
rochers. Il fait doux, il fait bon. L'homme à
la barbe blanche est debout sur le coin de sa
porte et considère les choses en fumant sa
pipe. Les pêcheurs raccommodent leurs filets

16.

devant les huttes. Les petits chiens folâtrent
sur la place. On voit les locataires de l'auberge se diriger un à un du côté des rochers,
y disparaître et, après quelques minutes, re-
paraître ; la réponse de mon hôtesse : « Dans
les rochers, monsieur, » à un renseignement
que je lui demandais hier, me revient à l'esprit.

Notre bateau est là, tout près. Un signe à
la barque, elle vient nous chercher. Et nos
pieds nus, de nouveau, connaissent la surface
polie du pont... Sur la flèche du grand mât,
les vêtements de pêche sèchent au soleil ; dans
un coin de la cour, le vieux matelot épluche
des poulpes et les lave, les doigts couverts du
noir qu'ils jettent ; un autre balaie, nettoie ;
Toussaint prépare des bourriches de bouquet
pour envoyer aux amis. C'est l'existence du
bord aux premières heures du jour. Il fait délicieusement calme. Loin de tout souci, dé-
chargé du poids d'une existence à combiner et

à exécuter chaque jour avec précision, délivré de la vie en société, je jouis du ciel, de l'eau, des îles, immobile et sans rien désirer, ni que l'heure passe, ni qu'elle demeure. Ah! que j'aime cette barbarie sans liens, cette absence d'obligations!... L'air qui me caresse le visage et les mains et que je respire, les aspects que je vois, les bruits que j'entends, je goûte également tout.

Et je fus plus heureux encore quand, à dix heures, du renfort nous étant arrivé pour la pêche, on hissa la grande voile et que le bateau doucement se mit à glisser sur l'eau. C'était un départ à l'aventure, un départ de rêve... O naviguer à la découverte en un archipel désert! Nous passions lentement au milieu des îles sous un beau ciel, sur un flot paisible et dans la joie du matin. La flânerie délicieuse!...

On part comme pour au bout du monde, rien qui empêche notre rêve, vagabondons! D'autres déjà ont passé dans ces îles, mais

qu'importe si nous n'y sommes jamais passés?
Elles nous sont inconnues, c'est comme si elles
l'étaient pour le monde entier. Nous les dé-
couvrons avec autant de bonheur et d'étonnement que le premier qui les a découvertes.
Glissons dans la blonde atmosphère, pleins de
joie, libres, détachés de tous et de tout...

Ainsi nous filions, quand notre bateau s'arrêta. La mer baissait ; l'eau n'était plus assez
haute et la quille touchait le sable. Nous étions
posés au milieu d'une onde si transparente, si
claire, que sous ses rides et sous son frémis-
sement on voyait le fond pâle et uni. Le bateau
s'échouerait là ; de plus en plus il penchait à
babord ; tout à l'heure quand il n'y aurait plus
du tout d'eau, il se coucherait, et il attendrait
le retour de la mer.

La douceur et la limpidité de ce lac me don-
nèrent un grand désir de m'y plonger. Je me
déshabillai, et nu au milieu du monde où tout
est nu, nu comme toutes les roses ou comme

toutes les gazelles, je m'allongeai dans la mer,
ivre de nager d'un corps qui ne fut enfin gêné
par rien... Je me tournais et je me retournais
et je jouissais voluptueusement de la caresse
du flot par toute ma chair. Ainsi, je gagnai
une petite île qui était en face de notre bateau.
Et quand mon pied frappa le sol, je réfléchis
en souriant que je me trouvais, comme Robin-
son, tout nu dans une île déserte.

...Il était midi. On allait déjeuner. L'eau
ayant fui, la coque s'était couchée complètement sur le côté gauche. Maintenant la surface
du pont se trouvait en pente rapide ; pour s'y
déplacer, on devait ramper, la circulation était
difficile. Nous fîmes sur ce pont un excellent
repas, à l'aise à peu près comme sur le versant
d'un toit ; mais quel appétit ! je n'ai jamais vu
engloutir des huîtres, des poulets froids, des
pâtés, le contenu de bouteilles nombreuses,
avec une telle rapidité ! Un déjeuner charmant

et pour lequel je veux garder une éternelle re-
connaissance à notre ami Toussaint... Après,
une bonne pipe. La tenue de pêche. Et nous
voilà sur la plage en route vers le trou Saillard
où nous allons seiner.

Le trou Saillard est une cavité, profonde
d'un mètre et demi à deux, longue de cin-
quante et large de quinze, pleine de poissons,
et que, les jours de grande marée, la mer se
retirant très loin permet de visiter. Il est
situé parmi des îles de haute roche ; en
voyant de tous les côtés ces chaînes, ces
cols, ces défilés, on se croit dans un pays de
montagnes, dans une vallée, — et l'on est dans
le lit même de l'océan ! Donc, nous recommen-
çâmes, à la lumière du soleil, la pêche que
nous avions déjà connue à la clarté de la lune.
Et elle se trouva abondante au jour comme
pendant la nuit.

Quand le trou eût été bien écumé, que tous
les poissons en eussent été tirés et que nous

les vîmes se débattant et sautant sur le sable
où nous les avions jetés, nous abandonnâmes
la seine, et nous éparpillant dans les rochers,
commençâmes une autre pêche. Le terrain
plat sur lequel nous marchions, mélange de
pierre et de sable, est recouvert d'une herbe
verte qu'on appelle de la paillotte, qui est très
longue, et qui, de la façon dont elle s'étale,
éveille l'idée de chevelures flottantes de
noyées. Cette paillotte couvre entièrement le
sol, et nous allions, comme dans une prairie
au milieu des montagnes, étonnés de ne pas
rencontrer quelquefois, en ce décor suisse et
bucolique, des moutons, des chèvres ou des
vaches faisant résonner leurs clochettes. Le
soleil, brillant au-dessus des montagnes, illu-
minait notre vallée... Dans cette prairie, nous
nous mîmes à cueillir des fleurs, mais c'était
une prairie marine et nos fleurs étaient des
poissons, des coquilles Saint-Jacques. Elles
sont cachées sous les herbes, on ne les aper-

çoit pas, mais, de temps à autre, une espèce
de claquement sort du sol. On court à l'endroit d'où vient ce bruit, on soulève l'herbe
étalée, et l'on découvre le mollusque qui, en
fermant brusquement ses coquilles pour se
déplacer dans l'eau, a produit cet appel, a
révélé sa présence et s'est perdu.

Mais la mer commençait à remonter. Nous
avons laissé nos montagnes, notre prairie, la
cueillette, et nous sommes retournés du côté
de notre bateau qui, toujours couché tristement sur le flanc, attendait que la mer vînt lui
rendre la vie.

L'eau, bientôt, fût là. Le bateau flotta. Et
tandis que nous passions des vêtements secs,
l'ancre fut tirée, la voile hissée et la brise du
soir nous enleva... Nous revîmes la grande île,
ses huttes, ses trois maisons, sa terre aride, le
jardin, le sémaphore, l'église et le phare...
La barque nous reconduisit à la cale ; on débarqua. L'hôtesse promit deux lits pour la nuit.

On fit un tour au crépuscule jusqu'à la cabine des douaniers,... comme hier on vit les pêcheurs préparer leur soupe, doux et silencieux, on vit la misère... Puis on revint à bord; nous dinâmes et ceux qui voulaient coucher à l'auberge partirent. Pour moi, je demeurai sur le bateau; je m'allongeai tout habillé sur une couchette, tirai le rideau de la boîte où j'étais, et bercé par la mer, m'endormis, finissant heureusement une journée sauvage et heureuse.

V

Ce matin-là, c'était dimanche. Dans la pauvre île, dimanche est triste, laborieux et brûlé du soleil comme tous les jours de la semaine.

La veille au soir, nous avions étendu sur l'herbe pour les faire sécher nos cent mètres de filet ; dès le matin nous les avons roulés et mis dans des sacs, et les matelots les ont rapportés à bord. La pêche était finie... Nous

devions quitter Chausey dans l'après-midi.
Nous avions le désir de voir une fois encore
ces paysages qui nous avaient émus ; nous
fîmes avec Toussaint une dernière promenade
autour de l'île.

Ce matin-là, c'était dimanche. Il faisait
très chaud, l'air était étouffant. Flambant dans
un ciel sans nuages, un soleil barbare jaunis-
sait l'herbe et durcissait la terre. Nous passâmes à côté de pêcheurs accroupis qui triaient
des crevettes. Nous montions vers le fort. A
gauche nous distinguions les petites îles qui
apparaissaient sur l'eau bleue comme des moi-
sissures noires ; à droite nous rencontrions
quelques maisons basses entourées de murs
formés de pierres (simplement posées les unes
sur les autres, point même cimentées), et pas
plus hauts qu'une chèvre. Nous montions, et
la mer peu à peu se découvrait à nos yeux jusqu'à l'horizon.

Nous arrivâmes aux fossés qui entourent le

fort. Il a été construit vers 1860, a coûté très cher, et, quinze ans après son édification, on l'a déclassé ! Cependant il ne fut pas vendu, car la Marine se le réserve pour y établir un dépôt de charbons. Cette partie Sud de la grande île Chausey appartient, je l'ai dit plus haut, à l'Etat ; le fort et le phare s'y trouvent ; c'est là que flotte le drapeau français et qu'on a la sensation du coin d'Afrique ou d'Océanie administré par un gouverneur, protégé par des fonctionnaires et exploité par des colons. La désolation de ce fort abandonné au milieu de cette île s'accorde avec le paysage. Ces murs lugubres, ces fossés déserts, ces remparts et ces bastions qui ne voient jamais une âme, ces glacis, ces talus, ces casemates qui jusqu'à la fin des temps auront été élevés pour rien, qui, toujours, représenteront du travail stérile et vain, sont tristes entre toutes les tristesses de Chausey.

Mais nous tournons le dos au fort, et prenons la côte qui borde la mer. Par ici, il n'y a plus de maisons, plus aucune trace d'habitations. Le sentiment amer de cette île me pénètre le cœur. Nous marchons au soleil. Les broussailles sont vivantes, ces ronces et ces branches sèches, on les sent frémir et trembler : elles abondent en lézards. Puis, de plus en plus, c'est nu, de plus en plus aride, de plus en plus brûlé ; et de monticules en pentes et de pentes en monticules on arrive à un plateau uni, morne, sans herbe, lugubre.

En hiver, ici, avec toute la mer grise autour et le ciel comme un couvercle de plomb, c'est sans doute à crier de désespoir. Aujourd'hui déjà sous le grand soleil, cette petite place aride entourée d'eau brûlante est sinistre. « Qu'est-ce que cette ligne de pierres semées de façon à dessiner un grand rectangle, et dans celui-ci tous ces rectangles plus petits à côté les uns des autres ? — Ça, c'est le cime-

17.

tière, répond Toussaint. Autrefois les carrières
étaient exploitées ; quand les carriers mouraient, c'est là qu'on les enterrait. »

Pas un nom, pas une croix, rien ! On creuse
une fosse, on y met un mort, on rejette la terre
dessus, puis on sème quelques pierres autour
de la tombe pour dire au passant : « Ici, il y a
un mort. Un homme comme toi était sur la
terre, aujourd'hui ce qu'il en reste est des-
sous. » Je n'ai rien vu au monde de plus tragique et de plus accablant que ce cimetière de
Chausey. Nulle part je n'ai senti au même
point l'impersonnalité de l'homme et son
néant. Les carriers sont jetés dans des trous
comme des chiens ; ils n'ont pas de noms, pas
de familles, pas de foyers, rien à eux ; ils
étaient des bêtes qui vivaient sur la terre ; de
la force a travaillé, maintenant elle est morte...
Quel est ce grand rectangle formé de pierres
semées, sur ce plateau, au milieu de la mer ?
— Le cimetière. — Mais il n'y a pas de noms,

quels hommes sont là ? — Qu'importe ! Des hommes...

... J'ai vu ensuite la carrière où ces pauvres gens travaillaient. La mer est au pied. Toute la journée, avec le pic, au soleil ou sous la pluie, ils détachaient le granit. Puis, la journée finie, ils allaient à leur cantine, ils buvaient de l'alcool ; puis, tous ensemble, dans un dortoir que j'ai vu aussi, ils dormaient d'un sommeil de brute... Le lendemain, on les réveillait. Ils reprenaient le travail, refaisaient la journée, mangeaient et dormaient, pour recommencer au jour..., et tous les jours, et tous les jours !... Puis ils mouraient. Alors, là-haut, on creusait une fosse, on y jetait un corps, on le couvrait de terre... Et c'était fini. Nul ne se rappelait plus qui avait vécu et qui était mort... Et cela est une vie d'homme !

L'existence et la mort des carriers de Chausey m'ont fait songer à l'existence et à la mort des prostituées de Saint-Pierre-Port, à Guernesey. A Saint-Pierre, au bas de la rue des Cornets, on voit un vieux cimetière. Si vous montez la rue, de tous côtés ce sont des cabarets borgnes, des maisons louches, et vous ne croisez que des filles. C'est, en effet, leur rue. Or, non seulement elles y vivent toute leur misérable vie, mais même mortes, elles ne sortent pas de là : on les met dans le cimetière qui est en bas de la rue.

Aujourd'hui, la carrière de Chausey est abandonnée. Et dans l'île, on n'enterre plus. Il y a quelques années cependant, un noyé qui, à la suite de je ne sais quelles circonstances, n'avait pu être porté à Granville, y fut encore enterré. C'est sur une pointe, devant l'océan. On a creusé, et tout de suite on a trouvé le roc. Le trou fait était peu profond : pour en finir plus vite, on y a mis tout de même le corps ; mais de crainte que le vent de mer l'emportât, on a posé sur lui des pierres, des pierres, un monceau de pierres !

Je songe à ce pauvre cadavre écrasé par les
pierres !... Noyé inconnu, ô dépouille anonyme
portée là par la vague, et qui, tout seul, sur
cette pointe et sous un tas de pierres, repose,
avec désespoir je pense à toi, malheureux !

Maintenant, nous étions devant les ruines
situées à l'ouest de Chausey. Ce sont les vestiges d'un couvent de cordeliers qui fut établi
en ce lieu par l'Abbaye du Mont-Saint-Michel,
auquel l'île appartenait depuis le xie siècle.
Les chroniques ont fait à ces moines une
mauvaise réputation : naufrageurs, ils pil-
laient les bateaux venant se briser sur ces
dangereux récifs, et, sur ce petit coin de terre,
à l'abri de toute juridiction, menaient une vie
joyeuse et sans scrupule. Cela dura deux
siècles, de 1343 à 1543. Ces vieux murs, qui
n'observent plus maintenant que les varia-
tions du ciel et de la mer, jadis ont vu du
sang, de la débauche, les actes les plus furieux d'une troupe de corsaires.

D'ailleurs, que n'a pas connu cette petite terre? Toutes les passions y ont vécu, tous les sentiments que peut éprouver la race humaine, les plus purs comme les plus troubles, s'y sont développés. Bien avant qu'eût été fondé ce monastère de naufrageurs, un saint homme, un religieux d'Abbeville s'était retiré à Chausey pour vivre dans la solitude et la méditation. L'endroit était bien choisi. Aucun lieu du monde, en effet, aucun désert ne semble aussi propre à ce destin. Il n'est pas de retraite plus austère qu'une île, ni de mieux faite pour favoriser la contemplation et l'existence constante avec soi-même ou avec son dieu. Cette impression, je l'ai éprouvée à Chausey; je l'avais ressentie déjà, l'été dernier, à l'île de Batz qui est si désolée que pas une chose ne paraît devoir vous y distraire de la réflexion. « Voilà, me disais-je, l'asile rêvé pour un Spinoza, pour un Kant, pour un philosophe qui veut passer sa vie à

construire un système. Ici, rien ne le détour-
nera de sa spéculation, il vivra avec elle, rien
qu'avec elle, hors du monde, et tout aux
constructions intellectuelles qu'il édifie lentement en lui-même. » Et je voyais ce solitaire, assis sur un rocher, la tête dans ses
mains, et suivant sa pensée au milieu de
l'immense paysage de la mer et du ciel.

Chausey a dû connaître aussi une autre
forme de la passion, celle de l'amour. Un
instant, certain prince a pensé à l'acquérir. Il
cherchait une retraite discrète pour y conduire une femme qu'il adorait et avec laquelle
il voulait librement mener la vie d'amour.

... Nous arrivâmes au sémaphore qui est
construit sur un petit mont et qui agite dans
le ciel ses longs bras. Puis nous redescendîmes vers la cale, en passant près de plusieurs maisons abandonnées, d'une entre

autres, sans porte et sans toit, et qui sert de morgue : on y expose les noyés qu'on trouve souvent sur les rochers après les jours de tempête.

VI

L'après-midi nous levâmes l'ancre, et nous quittâmes Chausey. Notre bateau reprit la mer. Ces îles si tristes, si belles, s'éloignèrent peu à peu de nous... Le vent était dans nos voiles, et nous filions, couchés sur l'eau. De temps en temps, des paquets de mer lavaient le pont et nous éclaboussaient. Je m'étais allongé sur le banc de barre, je réfléchis-

18

sais. Des voiles nous croisaient, ou marchaient parallèlement à nous. Bientôt Chausey ne fut plus qu'une ligne à l'horizon. Et nous entrâmes dans le port de Granville...

Ah! quel serrement de cœur, quelle impression pénible en retrouvant les grandes maisons adossées à la colline, les fiacres sur les quais, les gens en chapeaux de feutre, la vie civilisée! Après avoir vu quelque chose de grand, je revoyais quelque chose de petit. D'avance je suis las de la vie que je vais reprendre, d'une vie qui n'est point barbare! A mes yeux tout se rétrécit. Adieu la liberté! adieu la dépense de toutes mes forces, adieu le mélange avec la nature! Voici la société, et j'étouffe.

Décembre 1901.

SENSATIONS ANGLAISES

A Louis Codet.

Oxford. Soir. — La grâce de leur col nu, leur chignon plat sur la nuque, frêles et blondes, en corsages bleus, en corsages roses, toiles fines et mousselines, elles, deux par deux suivant le trottoir, s'arrêtent et causent aux étudiants corrects. Des fenêtres ouvertes des voix s'exhalent. La pourpre d'un rideau s'éclaire. Les géraniums en fleurs colorent et affinent un balcon. Dans l'air chaud, dans le soir, miss Florie, droite, passe en bicyclette.

Au pied de la petite église vêtue de lierre on flirte. Girls, ô girls!... mais nous, étrangers, entrons au bar, et sur la banquette de cuir, assis au-dessous du diplôme encadré d'un Buffle préhistorique, demandons deux ginger wine.

Oxford. — De quel amour à Oxford la vieillesse des monuments est entourée! Un palais ruiné y est entretenu comme un château plein de jeunesse. Point de platras, point de poussière ici, et ce lierre qui grimpe autour d'une ogive en décomposition s'y attache suivant le goût anglais. On a ainsi tout le bénéfice des anciennes choses, le rêve qui sort des pierres, mais sans rançon, sans salir le pan de sa veste ni le bout de sa chaussure. Ici, le passé vous tend une main soignée...

Douceur d'Oxford! Sur cette jolie rue à

petites maisons coquettes, à tramways, à librairies de luxe, voici une antique façade. Franchissons la voûte. Quatre murs crénelés noircis par le temps, dans lesquels s'ouvrent des fenêtres régulières, entourent un frais carré de gazon. Ah! ce calme! Ah! cette intimité! Sur la gravité du passé, le sourire enfantin d'une pelouse!... Personne, pas de bruit; recueillement... N'est-ce pas un monastère, et celui de la plus heureuse méditation?

Mais voilà Magdalen, son cloître, ses parcs. Collèges de poètes. En un pré bordé d'arbres paissent paisiblement des biches, et je vois une jeune fille qui lit, assise dans un fauteuil de jardin, vêtue d'une robe à fleurs et coiffée d'un chapeau baby, un long chien à ses pieds. Un parterre de bégonias et de tulipes chante à plusieurs voix devant une jolie façade du xviiie siècle.

J'ai vu la Bodléienne, ses couleurs vieux-

18.

chêne et vieil-or, ses manuscrits et ses re-
liures, son bibliothécaire glabre à monocle,
ses vitraux sur le feuillage. Que les livres y
sont heureux ! Aucune de leurs maisons n'a
ce parfum. On travaillerait là cent ans. Et
quelle béatitude doit y goûter un esprit littéraire ! Quand vous poursuivez un travail à la
bibliothèque, des cellules s'offrent à vous ;
isolé avec vos livres, dans une paix parfaite,
en une atmosphère idéale, vous pouvez sa-
vourer lentement toute la joie du travail.

A la Bodléienne, j'ai vu un Ovide annoté
par Shakespeare, j'ai vu aussi le Sophocle
trouvé sur Shelley le jour de sa mort.

Shelley est fort honoré à Oxford ; il y a
étudié. Dans l'un des collèges, on lui a élevé
un monument. Il est représenté nu, étalé sur
la plage où le flot l'a porté, ses longs cheveux
mêlés. Nous tournions autour. Le gardien,
homme en jaquette et à lunettes, s'approcha.
« Il est tout nu, parce que c'est au moment

où il fut sorti de la mer », nous expliqua-t-il. En bon méthodiste, il nous avait cru choqués de voir découvert le corps de Shelley.

Rues paisibles, rues vénérables, pavés sur lesquels beaucoup de pluie et beaucoup de soleil ont passé, je vous ai parcourus en silence et gravement. Je regardais les murailles décrépites, les monuments, leurs beaux blancs et leurs beaux noirs, je songeais aux docteurs qui vous avaient connus, à l'étude, au charme pur des lettres. J'ai croisé des étudiants en toge et bonnet plat, et je les ai enviés. Ce sont sans doute les plus heureux étudiants du monde.

J'ai vu encore l'Amphithéâtre Sheldonian où l'on proclame les grades, les fauteuils majestueux comme des trônes des professeurs et les nobles colonnes, j'ai vu un beau réfectoire tout orné de panneaux sculptés et de portraits d'évêques, de ministres, de généraux, *olim socii*, j'ai vu des chapelles aux

tuyaux d'orgues peints, j'ai vu de délicieuses
fenêtres, des tours gothiques, des parterres
de fleurs. Et j'ai vu, devant la porte d'un vieux
collège, un petit mendiant italien, mélancolique, avec son singe.

Edith. — Verts et roses faux, sodas, voix
aigrelettes, — l'acidité des pelouses, et les
tartes de groseilles vertes — et le tabac sucré
comme un bonbon — cela, c'est toi, tout cela,
Edith...

Edith, petite fille mince au demi-sourire !

Deux heures à Londres. — Le train file à
travers les maisons, petites maisons qui vont
par troupes, maisons toutes pareilles, cheminées et fenêtres, et, devant la même porte, le
même carré de jardin. En voilà une escouade
de vingt, et puis en voilà douze, et puis qua-
rante, et je pense à une estampe qui repré-
sentait un monastère chinois. Ici toutes les

vies suivent-elles donc la même règle, et l'un ne vit-il pas comme ceci, tandis que l'autre comme cela?... Des affiches jaunes de *soap*... Des cheminées, — très diverses, les cheminées : des rondes et des carrées, des droites et des tordues... Sur le quai de la petite gare de banlieue, la vieille dame attend... Le train repart... Une rue remplie de maisons, tout à coup, puis des maisons hautes, bureaux où calculent les employés penchés, fenêtres auxquelles pendent des linges, chambres où mange une famille.

... Et cependant c'est Charing Cross. Le train s'arrête cependant. Des porteurs sont déjà debout sur le marchepied, et des voitures constamment arrivent devant les wagons, et, chargées, repartent dans la rue...

... Je roule sur le Strand dans un cab : omnibus bariolés qui se suivent, qu'assaillent et qu'abandonnent sans cesse des voyageurs, leurs cochers, gants, chapeaux melon, ci-

gares, des gentlemen, sans doute, qui promènent des amis, un petit ramasseur de
crottin se jette devant mon cheval, il pousse
sur l'asphalte une courte pelle plate, il glisse,
se faufile, et disparaît... Ces hommes, ces
femmes, si drôlement accoutrées, qui, sur le
trottoir, se hâtent... Comme tout s'agite ! Que
ce cinématographe m'amuse ! Oh ! les affiches
sur le mur !... A la hauteur d'un premier
étage un pont que passe un train entre deux
maisons... Mais voilà que le plafond parle...
Yes, Yes, Cabman !... La figuration vraiment
est fort bien réglée. Mais combien, combien
de rues où personne, sans doute, jamais ne
s'est reconnu.

Un monument très laid, un autre, comme
ils sont entassés ! Cependant, ceci est beau,
deux forts soldats à cheval, montant la
garde, statues, statues superbes ! Hyde Park,
laquais à perruques, cochers en bas-roses, et
Wellington tout nu hors de propos, en Achille

de mauvaise école... Et la Tamise et ses
steamers... Et le Parlement, majestueux, délicat... Ah! Dieu! j'ai mal à la tête!

Glasgow. Samedi soir. — Parqués derrière
les fauteuils, des centaines d'ouvriers aux
yeux brillants suivent avec attention le spectacle. Le drame se déroule. Dans une rési-
dence de campagne, des jeunes gens en habits
rouges, en habits de chasse, de mauvais sujets
qui s'assoient sur la table, font claquer des
fouets sur leurs bottes et boivent beaucoup de
whisky... L'un bientôt, est accusé faussement
d'avoir séduit la fille d'un ami de son père.
Son père le chasse. — Le jeune homme est
devenu pasteur, il fait du bien, recueille les
enfants perdus, combat l'ivrognerie; comme,
à tout instant, il parle de la Providence, il
joint les mains et lève les yeux au ciel. —
Mais le père de la jeune fille retrouve (3ᵉ acte)
le prétendu séducteur, ledit père est accom-

pagné d'une sorte de bravo, boxeur émérite qui se charge de faire son affaire au bon apôtre. En effet, à la sortie de l'office, il provoque le pasteur ; celui-ci n'hésite pas, il met gilet bas, et, devant les fidèles assemblés, flanque, selon toutes les règles, une magistrale tripotée au boxeur émérite. Le triomphe de la religion et de la boxe ; c'est irrésistible : de toutes parts des applaudissements et des sifflets enthousiastes. Même, la facile beauté écossaise, en chapeau à brides bleu ciel, assise à côté de moi, bat des mains, et découvre, dans un sourire attendri, ses dents gâtées.

Le rideau s'est relevé. Une forte femme blonde, en grande toilette décolletée, toute blanche, s'avance sur la scène. Elle porte un cornet à piston nickelé. L'obscurité s'opère, mais la soliste reste éclairée par un projecteur ; cherchant alors les plus gracieuses attitudes pour une joueuse d'instrument à vent, elle remplit la salle de torrents d'harmonie. Elle souffle un quart d'heure. Acclamation. Triomphe de la musique et de la beauté.

Dehors, les petits vendeurs de journaux glapissent. Une foule énorme, noire et morne, éclairée au gaz jaune, couvre la chaussée. Des tramways lumineux passent. Une petite pauvresse s'accroche à ma veste.

Je frappe à une porte qu'ouvre et referme vite un vieux assis derrière. C'est le bar, le bar dissimulé du samedi. Des sombres hommes debout, boivent, immobiles, indifférents aux autres. Un grand soldat rouge parle fort. Le serveur, enfermé dans son comptoir, s'est élancé sur la pièce que j'ai posée sur le bois mouillé, il me jette précipitamment un verre et des pences poisseux.

Voici, dans la rue, des vendeuses de bananes, si blondes, aux yeux si bleus. A

19

l'entrée d'une ruelle, un attroupement : un ivrogne ensanglanté surgit... Et cet autre, farouche, qui veut entraîner cette fille enveloppée d'un châle rouge ; elle s'accroche au mur, lui la tire, elle a, écartelée, les bras grands ouverts, et son châle tragiquement se drape sur la croix qu'elle figure, — mais les doigts de la fille cèdent, et tous les deux, les voilà titubant sur le pavé gras, dans la ruelle obscure. Sous son casque d'étoffe, le policeman reste impassible... Des bandes d'enfants dépenaillés suivent la rue en chantant.

Dimanche. — Le cab entre dans un parc. Des gazons jaunes qui se succèdent, monotones, affreux, sur un vaste espace entouré de fabriques. Il fait lourd... Mais quoi ? mais quel massacre ? tous ces hommes sur les pelouses !... Ils sont cent, ils sont mille, tombés là sur le ventre, sur le côté, sur le dos... Ils ne bougent pas... Comme tout sent la fièvre ! Une colonne de fumée lourde sort là-bas d'une grande cheminée... Frappés par le gin, hier soir ils sont tombés. Ils resteront là jusqu'à demain, puis rentreront à l'usine... Voici des femmes échevelées, en robes de toile bleue, étendues inertes, ignobles et obcènes, avec leurs jupes relevées sur leurs souliers percés. Une vieille dont les cheveux gris descendent en épais filaments sur un front sordide, assise sur l'herbe, une petite pipe juteuse à la bouche, regarde fixement devant elle.

Comme sur un champ de bataille, des corps crispés, sous un ciel gris, par un temps moite...

Le cab tourne à droite. Ce sont maintenant des rues aux maisons toutes semblables, briques noircies par la fumée et le brouillard — bitume chaud... Des hommes, des femmes et des volées d'enfants pieds nus. Que de pieds nus ! Encore des usines, encore des cheminées, puis un autre parc qui abrite une usine à gaz. Le port, et son eau épaisse, puante.

C'est l'après-midi. Tout est fermé. Les trottoirs géométriques et arides suivent les maisons noires. Un orateur, au coin d'une rue, est monté sur un petit banc, il porte des lunettes bleues, et parle lentement et méthodiquement. Vingt hommes, adossés à la maison, alignés, le regardent, écoutant sans rien dire et sans bouger. C'est un meeting d'anarchistes.

Mais, plus loin, un orgue, et autour, des hommes qui chantent des psaumes, livres ouverts, marquant la mesure d'un hochement sec du menton... Une jolie fille à une fenêtre...

Ecosse. — Les pays traversés portaient des noms d'une beauté rude : Alloa, Falkirk, Armadale, Lochburn... A Aberfoyle, les six chevaux du mail nous élevèrent peu à peu au-dessus d'une terre marécageuse ; sous un ciel chargé de nuages noirs, la bruyère farouche, une étendue tourmentée, où des masses du vert le plus lourd s'étalent soumises à des rochers sombres. Voici un paysage immense, sauvage et grave, tragique, barbare, et comme arrosé de sang. Voici, voici la plaine où trois sorcières saluèrent Macbeth. « Salut, Macbeth, salut à toi, thane de Glamis ! Salut, Macbeth, salut à toi, thane de Cawdor ! » Ici, elles ont éclaté de rire, et puis sauté de roches en roches comme des chèvres. Lande immense, mystérieuse, où sont cachés les lutins, qui, si nos chevaux butent, vont surgir et danser autour de nous en se moquant. C'est la lande magique, et j'entends dans le vent la voix sourde de tous les morts. Le long du chemin où je cueille un brin de bruyère, des boucs à pattes noires broutent, tandis qu'un homme, jambes nues, descend vers la plaine. Montagnes, montagnes qui sentent l'orage et le tonnerre.

Nous sommes en haut. Voici l'autre versant. Les chevaux prennent le trot, et le cocher rouge montre un lac obscur au bout de son fouet.

C'est sur le *sir Walter Scott*, blanc vapeur, que nous avons passé le Loch Kathrin. Le ciel était bas, on côtoyait de petites îles ombreuses dans le creux des baies, des mouettes nous suivaient d'un vol monotone ; l'eau était épaisse comme de la gelée, et la montagne, aux endroits où elle était nue, paraissait spongieuse. Il n'y avait ni hommes ni bêtes sur le rivage, nous avancions comme vers la fin du monde.

Nous débarquâmes, passâmes un défilé aride, traversâmes un autre lac, et nous rejoignîmes à Arriochar le chemin de fer ; après avoir roulé quatre heures à travers les vallées solitaires, nous avons atteint Fort-

William, au jour boréal, à l'eau grise, au froid du Nord, si lointain ! et qui semble une petite ville norvégienne posée au bord d'un fiord.

Edimbourg. — Mêlée à la nature s'élève Edimbourg. C'est la ville de la montagne, de la mer, du ciel et de la forêt. On y écoute une voix profonde, grave et grandiose, comme si passaient dans les airs le glissement caillouteux des vagues, le chant du vent dans les arbres sauvages et la sonorité des grottes. La voici, plantée sur deux collines, jetée dans une vallée, avec ses monuments comme des rochers et ses églises comme des orgues ; la voici, semblable à une jeune fille pensive, Edimbourg remplie d'ombre et de cascades, cité des fées, riche d'échos et tout en rêves.

Je suis monté au Château et j'ai vu les beaux highlanders secs et poilus comme des chèvres. J'ai vu les joueurs de cornemuse en

veste rouge défiler, souriants, galants comme
à la bataille. Tandis que midi sonnait, que,
suivi du valet de chambre qui porte son manteau, le général, rasé de frais, arrivait sur la
place, et que les pauvres, pustuleux et puants,
s'y pressaient.

Juillet 1905.

Pour le fumoir.

NUITS D'ESPAGNE

NUITS D'ESPAGNE

A Gustao Violet.

I

Mon ami Raymond et moi nous étions arrivés à Barcelone à la nuit. Nous étions moulus
par un voyage qui durait depuis l'aube, sur
une diligence d'abord, mais au soleil de bonne
heure accablant du mois d'août, puis dans la
caisse étouffante d'un wagon espagnol qui rou-

lait avec une lenteur à vous désespérer (encore qu'attaché à un train de *gran velocidad*).

Nous avions traversé, il est vrai, des contrées admirables, et nous aurions pu oublier un peu notre lassitude en contemplant par la portière les montagnes de Catalogne, sur la crête desquelles se profilent des arbres gracieux, ou les rivières rapides qui dans des creux profonds les traversent, ou encore une terre en friche d'une couleur rouge très opulente... Nous montâmes dans le premier omnibus d'hôtel qui se présenta à nous, le garçon chargea nos bagages, et nous voilà filant à travers la cité.

C'était la première fois que je venais à Barcelone... Nous parcourûmes d'abord des grandes voies sombres et peu fréquentées. Nous nous taisions, l'esprit éteint, n'étant plus aptes à percevoir que des sensations assez faibles et ne ressentant qu'un seul désir : celui d'arriver à nos lits le plus vite possible. J'es-

sayais vaguement de voir quelque chose dans
les rues ; mais rien que de grandes maisons
sans lumière se succédant tristes et fermées
comme des choses qui dorment. Nous arrivâmes à la plaza de Cataluna, qui m'éblouit et
me réveilla. Puis nous descendîmes les Ram-
blas. La clarté brutale des lampes électriques,
l'agitation, le bruit, cet air de fête que prennent les promenades en été, pendant la nuit,
m'intéressèrent ; la voiture s'arrêtait.

On nous donna deux chambres. Nous nous
débarbouillâmes de la poussière et de la sueur
du voyage ; puis nous nous retrouvâmes en
bas pour dîner. Mais prendre le repas dans
une salle d'hôtel anonyme et sans caractère,
non ! Aussi fatigués que nous fussions, nous
avions cependant l'envie d'aller dehors et de
nous mêler, ne serait-ce que quelques instants,
à la foule espagnole.

Sur la Rambla, un flot de gens incessam-
ment renouvelé glissait avec gaîté. Nous n'eû-

mes guère le temps de les examiner, car nous
avions aperçu une *chocolateria* vers laquelle
nous nous dirigeâmes. Dans ces petites boutiques on sert du chocolat épais comme de la
crème avec des gâteaux légers, sucrés et tièdes,
qui sont d'un goût exquis ; aux heures des
repas on peut y manger chaud. Pendant que
nous dînions, un de nos voisins parlait des
courses de taureaux de ce soir !... Nous inter-
rogeâmes le garçon ; une *corrida de novillos*,
en effet, devait se donner aux nouvelles
arènes ; les courses, la nuit, à la lumière élec-
trique, c'était une innovation tentée cet hiver
à Barcelone, et qui avait réussi... Nous étions
éreintés, tous nos membres nous faisaient mal,
nous avions bien sommeil. N'importe ! nous
décidâmes aussitôt d'aller à ces courses. Nous
pressâmes la fin de notre souper en mettant
les bouchées doubles, car nous avions faim,
et nous ne voulions rien perdre ; on nous avait
servi, d'ailleurs, d'un plat de poulpes en sauce

tomate, et d'un autre d'*arroz à la valenciana*
qui nous régalaient.

Sur la place de Catalogne, un homme à la
voix puissante recrutait des voyageurs pour
un petit omnibus assez convenable, dans lequel
il promettait de vous conduire aux arènes
rapidement et sans encombre, moyennant
une demi-peséta. Nous montâmes, d'autres
personnes confiantes nous suivirent, bientôt
nous fûmes serrés à étouffer. Mon ami était
presque enfoui sous une très grosse dame qui
excitait violemment sa concupiscence par ses
formes magnifiques, mais qui pesait si lourd
que le pauvre garçon faillit en rendre l'âme.
D'agiles jeunes gens s'étaient juchés sur le
toit de la voiture, et nous apercevions dans
l'ombre, à travers les vitres, leurs jambes
noires qui se balançaient lamentablement
comme des tuyaux mous. Le véhicule mené à
grand renfort de coups de fouet ballait violemment d'un côté à l'autre de la rue. A chaque

creux les essieux pliaient brusquement, et la caisse choquait sur l'axe ; nous croyions que tout allait se briser et que notre dernière heure était venue. Mon ami écrasé par sa voisine poussait de faibles soupirs, où l'effroi le plus grand s'alliait à une minime volupté. Puis, comme un noyé qui, essayant de se sauver, agite péniblement au-dessus de l'eau des bras désespérés, il dégageait ses quatre membres et s'appliquait à les maintenir au-dessus de la masse impitoyable qui voulait les submerger.

Nous parvînmes enfin aux arènes. Une animation extrême régnait à leurs abords. Des voitures débouchaient de tous les côtés. Et, à pied, femmes, hommes, enfants arrivaient en se hâtant. C'était un tumulte : le piaffement des chevaux arrêtés et le bruit de grelots qu'ils font en remuant la tête, pour ceux qui marchent le claquement de leurs pas sur le pavé, puis les parents et les amis qui s'appellent, et encore tous les aboiements des placeurs de billets,

des vendeurs de programmes, des marchands
de journaux... Des mendiants, bancals, borgnes ou contrefaits, se précipitaient dans vos
jambes et vous poursuivaient de leurs lamen-
tations criardes.

Un édifice circulaire, de style mauresque et
peint de couleurs crues, dominait la place. On
y accédait par un large escalier. Ayant pris
deux *sombras*[1], nous pénétrâmes. Maintenant
nous parcourions un couloir haut et pauvre où
une foule impatiente s'agitait ; on rencontrait
là des comptoirs sur lesquels se débitaient des
rafraîchissements. Nous entrevîmes, en passant, par une porte entr'ouverte, une chapelle
minuscule ; elle était toute chargée d'ors et
une statue vêtue d'habillements somptueux
l'habitait : la Vierge que les toreros vont prier
avant la course. L'escalier qui montait à nos

1. *Sombras* : places ainsi nommées parce que, dans les
courses de jour, elles se trouvent par leur position à
l'ombre du soleil.

sombras était obstrué par un public qui en occupait chaque marche, il fallait du temps et de la patience pour se frayer un passage jusqu'à la dernière... Mais de là, soudain, un spectacle magnifique apparut.

Nous étions dans un cirque immense, si grand qu'à son extrémité, en face de nous, les hommes, les femmes, assis, n'apparaissaient plus que confusément, comme une vision lointaine. Depuis la piste, des gradins chargés de spectateurs innombrables montaient, s'élevaient jusqu'au bord d'un trou noir qui était le ciel. On regardait devant soi, et c'était toute une vie remuante, le battement de mille éventails, un scintillement de bijoux, une infinité de mouvements, une multitude de têtes, une rumeur. Mais si on quittait des yeux cette agitation brillante et si on les levait, le ciel les attendait, un ciel froid, noir, nu, sans parures comme un pauvre, sans mouvements comme un mort, et immense, et effrayant, avec son

mystère muet par dessus tout ce fourmil-
lement insouciant...

J'avais aperçu un peu de place pas trop loin
de l'escalier. En nous faufilant nous réussîmes
à gagner la banquette de pierre. Devant moi,
sur le gradin inférieur était une Espagnole ;
elle portait la jupe de satin noir, le corsage
blanc et la mantille ; elle tourna la tête pour
s'adresser à un jeune homme de bonne mine
assis à côté d'elle, et nous vîmes son visage qui
nous parut joli, une peau mate dans laquelle
des dents comme des perles s'opposaient à des
yeux comme du diamant noir. — Derrière
nous des siffleurs menaient un tapage infernal
contre un matador qui les avait mécontent-
tés.

Nous commençâmes à suivre le spectacle.
Sur une piste immense, différents personnages
d'inégale importance se trouvaient dispersés.
Deux picadors, raides comme des manne-
quins et montés sur des chevaux lamenta-

blement maigres, se tenaient à côté l'un de
l'autre contre la balustrade de bois qui faisait
le tour de la piste. Ils étaient embarrassés
dans des pantalons de peau rembourrés des-
tinés à les protéger contre les coups du taureau, mais qui les alourdissaient et leur étaient
si incommodes qu'à chaque mouvement de
leur bête on croyait qu'ils allaient perdre
l'équilibre. Les chevaux d'ailleurs n'étaient
pas disposés d'eux-mêmes à bouger, mais de
temps en temps, un valet venait les tirer par
la bride pour les conduire au taureau, lequel
en même temps, à force de passes, des toreros
rapprochaient. Allongeant le cou, le cheval
suivait l'homme; d'un trot raide et laborieux,
ses vieilles jambes qui ne pouvaient plus se
plier semblant de bois ; sur le corps osseux, le
picador secoué faisait des efforts pour se maintenir, des mouvements disgracieux et comiques.

Enfin, le taureau était proche ; alors, tête

baissée, avec une force énorme, il se jetait sur la
carcasse inoffensive qu'on lui opposait. Celle-ci
tombait ; le picador, dans le sable avec elle,
débarrassait péniblement ses jambes, rampait
et disparaissait, grotesque... Cependant on
avait détourné de lui l'attention du taureau en
attirant celui-ci sur un autre point de la piste ;
au lieu d'en finir avec l'ennemi à terre, la brute
stupide se laissait distraire, cent fois elle fon-
çait sur des capes qu'on lui offrait, s'attendant
toujours à rencontrer derrière un homme et
ne trouvant jamais que le vide, car, par un
simple écart à droite ou à gauche, l'homme
l'avait évitée. Ainsi elle se dépensait en efforts
inutiles, s'énervait, se fatiguait, et ne comprenait pas cette lutte où elle voyait tant d'ennemis la poursuivre, l'entourer et s'évanouir
chaque fois qu'elle était dessus. Bientôt, un
grand malaise et une souffrance aiguë prenaient le taureau. Il s'arrêtait, regardait ces
arènes, ces lumières, cette multitude bruyante,

et, fou, découragé, grattait la terre de son sabot avec angoisse.

Comme nous parlions français, notre jolie voisine nous avait jeté un furtif regard de curiosité. Puis le cigare de mon ami l'inquiétant sans doute pour sa robe, — bien qu'aux courses tout homme fume, — elle avait dit d'une voix un peu rauque quelques mots incompréhensibles pour moi, mais de mauvaise humeur, et s'était retournée avec dignité.

On apportait les banderilles. Des hommes souples, vêtus de petites vestes argentées et de culottes collantes, défiaient le taureau, arrêtés fixes devant lui; prestement ils lui plantaient dans le cou des fuseaux ornés de faveurs multicolores; puis, comme des souffles, ils s'effaçaient, et la bête furieuse passait sans les toucher. En sentant ces petits crochets dans sa peau et les banderilles dansant sur son cou elle éprouvait un agacement et une surprise nouvelle... Pourtant la foule,

estimant sans doute que son souffre-douleurs
ne montrait pas encore assez de signes d'affo-
lement, la foule sifflait, hurlait, elle huait le
taureau. On employait alors des banderilles
de fuego. Dans le cou de la brute misérable,
on plantait maintenant des fuseaux qui conte-
naient des pétards ; ils s'allumaient, ils écla-
taient, la bête était environnée de coups de
feu qui l'affolaient et de fumée qui l'aveuglait,
son poil brûlait. Cependant, on tournait toujours autour d'elle, des ombres mouvantes
continuaient à la harceler, et elle bondissait
sur eux, toujours en vain. Enfin, désespéré,
le taureau s'arrêtait, il beuglait, il se penchait
lamentablement vers la terre, la reniflant
comme pour en prendre conseil ou pour la
supplier.

Mais les trompettes sonnaient la mort. Le
matador, sa cape sur l'épaule, une courte épée
dans la main droite, s'avançait noblement
dans l'arène. Par des passes savantes, étroites,

il fatiguait son adversaire, guettant l'instant propice pour le frapper. Et, debout devant lui, tandis que le taureau baissait la tête, prêt à foncer, tout à coup il lui portait un coup entre les deux épaules; la bête tombait morte à ses pieds.

Ah! l'enthousiasme alors! la salle trépignante! les chapeaux volant de toutes parts sur la piste! Les passionnés afficionados qui étaient derrière nous, parlaient avec animation; la petite Espagnole farouche qui nous précédait, tournait vers son compagnon, son frère semblait-il, des regards brillants de plaisir.

Est-ce que nous partagions la joie générale? Ma foi, le jeu m'avait paru bien barbare. Par tous les moyens, contraindre à un combat, et à un combat si inégal, une bête d'humeur aussi peu batailleuse! Pendant la durée entière de la course, le taureau ignorait visiblement ce que l'on désirait de lui...

J'avais eu une pénible impression de sauvagerie et de ridicule. La tuerie des chevaux de picadors, notamment, où ne paraissait ni adresse ni lutte, qui n'était que pure boucherie, me semblait indéfendable. Il eût mieux valu évidemment mener en silence et sans concours de peuple tous ces animaux à l'abattoir.

Cependant, je regardais cette race ardente avec curiosité, et j'avais du plaisir et de l'émotion à me sentir au milieu d'une humanité si différente de moi. D'autre part, je devinais qu'un des grands éléments d'intérêt de la course avait manqué, et que pour goûter vivement la passion, la couleur de toute cette sauvagerie, c'était au grand soleil, et non pas à la lumière livide des globes électriques qu'il eût fallu la voir.

Mais la corrida était finie. Chacun quittait sa place, on descendait les gradins, on appelait les marchands de cervèse et de cigares;

21

beaucoup sautaient dans l'arène, elle fut bientôt couverte de monde. C'est qu'on devait y danser... Sur la place où du sang s'était répandu et où la mort s'était couchée, des jeunes corps pleins de santé, pleins de joie, se presseraient tout à l'heure et se berceraient.

Quant à nous, nous étions fourbus; maintenant que nous n'étions plus attachés par le spectacle, la conscience de nous-même revenue, nous ressentions notre éreintement. Nous laissâmes donc le bal pour aller enfin nous coucher.

II

C'était un beau matin d'été sous le ciel
espagnol. Délivré de tout souci, je me promenais par la ville, jouissant — comme dit Stendhal — « du délicieux plaisir de voir ce que
je n'avais jamais vu ». Impatient de regarder
vivre, ma fatigue effacée déjà, sitôt réveillé
j'avais sauté à bas de mon lit, et j'étais
sorti.

La Rambla étalait le mouvement le plus gai. On y circule sur un trottoir central, très large et ombragé de beaux platanes. D'abord je me fis parer d'un joli camélia, puis j'allai, nonchalamment, jouissant de l'ombre et regardant autour de moi... Voilà des Aragonais, cambrés et superbes, qui croisent des gitanes traînant leurs savates; des petits cireurs de souliers se bousculent en riant; la baratine rouge sur la tête, des commissionnaires attendent, immobiles au milieu du flot qui les environne; plus loin, des hommes noirs vous offrent des chiens blancs, de gros curés passent, puis des femmes, à la taille ronde, en robes claires, coiffées d'une mantille et jouant de l'éventail. Et l'on voit encore des nettoyeurs de maisons portant sur l'épaule, au bout d'une longue perche, un pinceau; des chulos en petites vestes, gilets ouverts, chapeaux de feutre; des gardes civils au bicorne verni, et enfin beaucoup d'autres gens qui ne sont, Dieu me pardonne, que comme vous et moi.

Et tout cela monte et redescend la Rambla parmi le bruit de glissement des tramways, leurs coups de timbres, les clochettes des attelages, le roulement des tartanes, les cris des camelots.

Mais Raymond m'a rejoint ; et comme c'est aujourd'hui dimanche, nous allons à la cathédrale. Nous entrons par le cloître, une retraite délicieuse ; de vieilles gens y sont assises jouissant de la douceur de l'air, des jeunes filles s'y promènent ; autour de la galerie, les chapelles fermées par d'admirables grilles se succèdent, et la cour, au lieu d'être nue, est plantée d'arbres orientaux : des palmiers, des figuiers, des citronniers mêlent leurs branches et se marient au bruit d'une fontaine dont le jet d'eau murmure toujours. Ah ! ce cloître me fait plaisir d'être si païen !

A l'intérieur de la cathédrale, pendant la

21.

messe, par toute l'ombre : des battements d'éventails. Pas de chaises, et les fidèles dispersés à leur goût, ici et là, les uns assis sur des marches, d'autres debout, la plupart à genoux sur la pierre.

En toilettes claires, les femmes sont agenouillées, elles s'éventent en priant. Et cela se trouve d'un grand charme un tel mélange de piété et de liberté, ce geste familier jusque dans une attitude si fervente les rend adorables. Si j'étais — sauf respect — le bon Dieu, comme je serais reconnaissant à mes belles dévotes de n'abandonner rien de leurs grâces pour s'adresser à moi ! Tous les éventails battant dans ce silence recueilli et sous cette immense voûte m'ont ravi.

Aussi, un peu plus tard, tandis que nous avions pu pénétrer dans un jardin aux massifs ornés de faïences comme en Chine ou comme en Turquie, je me suis écrié : « Quel bonheur ! nous avons quitté l'Europe, nous voilà au pays des Mille et une nuits, nous sommes chez un peuple qui sait vivre avec volupté. »

Dans la soirée, nous nous promenions sur la Rambla en fumant. Vous nous auriez trouvé peut-être un air préoccupé. Ai-je dit qu'au moment de notre arrivée à Barcelone, nous venions de passer deux mois dans une solitude complète? Loin de tout, perdus dans la montagne, ne pensant qu'au travail, nous avions vécu en véritables petits saints. Aussi, maintenant, nous éprouvions, — mais comment dire cela ? — nous éprouvions une fringale assez semblable sans doute à celle de ces marins qui redescendent à terre après une longue traversée. De là, n'est-ce pas ? nos fronts soucieux. . Mon ami qui était déjà venu à Barcelone et qui est industrieux, se rappelait bien certain endroit qu'il avait visité jadis. Mais il le chercha — nous le cherchâmes — en vain. La rue avait-elle disparu? les sou-

venirs de Raymond étaient-ils imprécis ? nous
ne pûmes rien retrouver.

Nous errions donc tristement sans boussole
dans cette ville étrangère. Enfin, ayant dé-
voré toute honte, nous arrêtâmes un cocher
et nous lui exposâmes notre embarras : « Ah !
senores, dit-il, je vois ce qu'il vous faut. Je
vais vous mener dans la plus belle casa de
Barcelone ; c'est là que je conduis tous les
étrangers. On n'y trouve que des dames par-
faites. Vous verrez, carai ! vous serez con-
tents. » Il fouette son cheval, et nous voilà
partis à grand tapage, à travers tout un enchevêtrement de rues noires. Puis, il arrête.
Nous pénétrons dans une maison, montons ;
on ouvre. L'appartement était beau : le salon
garni de plantes vertes, orné d'une haute cheminée, meublé de fauteuils Louis XIV ; une
dame élégante et d'excellent ton nous y
reçoit. Notre cœur battait d'émotion, nous bé-
nissions déjà le bon cocher. Et la conversa-

tion s'engage entre cette dame et Raymond, qui sait le catalan. Sans rien comprendre, j'écoute attentivement, mais bientôt, hélas ! Raymond qui me transmet ce qui s'est dit, me désespère. Voilà : nous tombons mal ; aujourd'hui précisément, il n'y a personne. Et c'est un peu tôt... Sans doute, dans la soirée, plus tard, quelques dames viendront-elles... Pour le moment, *nada* : rien.

Ah ! quel désappointement ! Le fiacre, heureusement, était resté à la porte ; et son précieux cocher, des maisons pareilles, il en connaissait bien d'autres !

Notre course, dans la nuit, sur le pavé bruyant, recommença donc. Puis, nouvel arrêt. Le local et le mobilier étaient cette fois plus ordinaires ; un petit salon à porte vitrée, par terre une natte, canapés et fauteuils communs, piano, au mur des masques chinois et des éventails... Quant à la négociante, bien vulgaire ; épaisse, enveloppée dans un peignoir bleu, elle avait chaud et transpirait ; mais elle parlait vite, vous fixant d'un regard triste et convaincu, accentuant par un signe de tête chaque affirmation, n'épargnant, pour persuader, ni ses gestes, ni ses paroles. « Pour le moment, ces dames ne sont pas là ; d'ailleurs elles ne sauraient tarder. Que les Senores veuillent bien patienter un peu, ils ne le regretteront pas. » Nous attendons. D'abord assis en face l'un de l'autre, nous nous regardons en silence ; puis nous faisons le tour de la pièce et nous considérons les murs... Un coup de sonnette enfin a retenti ; nos yeux impatients ont volé vers la porte : trois femmes. En jabotant elles prennent place sur le canapé et nous les examinons. Elles sont mal habillées, d'une façon tapageuse et qui sent la province ; l'une, brune, grande, serait assez belle si elle n'était point fanée ; elle a des yeux très noirs, très vifs, du feu encore, mais ses gencives supérieures sont

trop longues et déparent son sourire ; cependant, elle vous regarde avec un air dévorateur ;
les deux autres, de figure médiocre, en sont
tout effacées ; aucune des trois du reste ne
vaut grand'chose et visiblement elles arrivent
de la Rambla... Nous les détaillons sans enthousiasme. La procureuse suit nos regards
et cherche à deviner l'impression que son
galant assortiment produit sur nous. « A
celle-ci, vous pouvez parler français, senor »,
me dit-elle, désignant d'un doigt encoura-
geant une des deux personnes insignifiantes.

Cependant, le trio s'étant levé, était passé
dans une autre pièce. Seule avec nous, la tra-
fiquante entama un discours animé et que je
déplorai de ne pas comprendre. Je ne perdais rien, il est vrai, des gestes, du débit, de
l'expression du visage, et de temps en temps,
Raymond se tournant vers moi, me traduisait
avec un air impassible la phrase qu'il venait
d'entendre : « Elle dit que la brune est mer-

veilleusement belle, qu'il y a peu de femmes
comme elle à Barcelone, elle a confiance en
notre goût pour l'apprécier... » Le boniment
se déroulait : « Elle dit que celle qui était à
droite de la brune, elle y tient comme à la
prunelle de ses yeux. C'est une véritable vierge.
Un médecin qui allait au Congrès de Madrid,
l'a vue, il est devenu amoureux d'elle. Le
Président de la République du Brésil s'est
arrêté ici un mois ; tous les jours il venait la
voir. En partant, il voulait absolument l'emmener avec lui. » Et la grosse femme continuait, énergique et persuasive, et rien n'était
amusant comme le sérieux avec lequel Raymond l'écoutait : « Elle dit, traduisit-il encore
sentencieux, que la troisième, sa plus grande
fierté est d'enlever sa chemise : son corps est
un bijou... » Pourtant, nous nous étions levés;
en dépit de sa parole emphatique et fleurie,
et malgré les hauts personnages auxquels elle
se référait et qui l'honoraient de leur con-

fiance, la marchande n'avait pas réussi à nous convaincre de la supériorité de ses articles. Lui ayant assuré que nous reviendrions la voir, nous prîmes donc congé d'elle.

Cependant, en fin de compte, nous nous retrouvions sur la Rambla, gros-jean comme devant, nous mordant les pouces et en proie à cette sombre humeur que donne la faim. Nous allions jusqu'à médire amèrement de l'Espagne. Qu'étaient-ce que ces maisons vides ou si mal garnies ? Où avait-on jamais vu des boulangeries sans pain, des herbages sans bétail, des rivières sans poissons, ou, préférez-vous la poésie, des serres sans fleurs et des vergers sans fruits ?... Oui, l'Espagne était bien un pays fini. La France à ce point de vue, Dieu merci... On ne connaissait pas d'exemple d'un étranger débarquant dans une ville française de l'importance de Barcelone et réduit là où nous étions.

Aussi, tout en remontant la grande voie sur

22

laquelle la circulation déjà s'était éclaircie, nous gémissions. Deux grosses femmes marchaient devant nous ; nous les dépassâmes sans y prendre garde. Alors, elles nous rejoignirent et commencèrent à nous parler. Nous nous étions arrêtés. Elles étaient l'une et l'autre d'une taille monstrueuse ; la tête de la plus extraordinaire était posée sur ses seins, ainsi — passez-moi cette expression qui la peint — ainsi qu'un petit melon sur deux citrouilles, elle n'avait point de cou ; enfin de sa gorge énorme sortait une voix de petite fille, et pour rire elle gloussait ! Nous nous montrions effrayés : « Mais l'autre jour, un Français est venu avec moi, susura-t-elle. Alors vous n'êtes pas comme lui, vous n'aimez pas le gras ? » J'avoue que par leur horreur même ces monstres m'attiraient ; j'étais fort curieux de leur architecture. Mais Raymond m'entraîna... Nous avions tant rêvé des Espagnoles !

« Tu rentres. Bien. Allons nous coucher »,

dis-je à mon ami. Mais il remuait la tête avec une terrible énergie : « Non, non ! couche-toi si tu veux, moi, je ne puis pas. Je vais chercher encore cette maison que j'ai visitée autrefois. » Je le quittai donc en lui souhaitant bonne chance, et je rentrai à l'hôtel.

Je n'étais pas au lit depuis une heure et je songeais avec convoitise aux délices que Raymond devait goûter à présent, que j'entendis le bruit d'une clef dans sa serrure et sa porte s'ouvrit. (Sa chambre touchait la mienne.) « Est-ce possible ? pensais-je, comment ! si vite ! Ce ne peut être. Que signifie cela ? » Je cognai au mur afin d'avertir Raymond que je ne dormais pas. Alors il vint dans ma chambre. Je tournai le bouton de l'électricité, et je vis un garçon exalté, essoufflé, les yeux hors de tête, en proie à la plus grande surexcitation. « Que t'est-il arrivé ? » lui demandai-je. Il s'assit près de mon lit, et tandis qu'établi sur mon séant, j'étais tout oreilles, commença en ces termes :

« Mon cher, il m'arrive quelque chose de prodigieux, d'inouï, d'incroyable! Tu sais combien peu j'étais disposé à rentrer. Eh! bien, me voici! — et... pur, mon ami, tout à fait pur!... Cette ville est ridicule, je pars demain matin. » Sa déclaration lancée, il s'arrêta et s'essuya le front, mais bientôt, il reprit sur un ton plus léger :

« En te quittant, je vais, selon mon intention, à la recherche de ce charmant asile qui jadis avait abrité mes fragiles amours. Je me souvenais d'une rue près d'une église; je trouve l'église, je trouve la rue, laquelle était étroite, noire et déserte, une ruelle plutôt qu'une rue. N'importe, poussé par ce dieu sans raison qui vous dicte toutes les folies et qui vous donne tous les courages, je m'y engage. Mais toutes les maisons se res-

semblent, surtout la nuit. Je regardais
chacune, je n'en reconnaissais aucune. Et
puis, il y a si longtemps!... Enfin, j'étais
planté là, et je ne bougeais pas, j'essayais de
ranimer ma mémoire et je tâchais d'aper-
cevoir quelque détail qui me vînt en aide.
Or, rien ne se révélait, les maisons de-
meuraient fermées, muettes, mystérieuses, et
moi incertain. Enfin, sous la porte de l'une
d'elles, je distinguai de la lumière et je ne sais
par quels signes il me sembla qu'elle devait
être celle que je cherchais. Je m'approchai.
Toutefois, j'hésitais encore. Précisément,
j'avise en face de cette maison une petite boutique, restée ouverte. J'y vais et j'interroge.
Mais figure-toi qu'on me reçoit très mal. On
est fort désobligé de ma question; les sourcils
se froncent, on dit qu'on ignore ce que je
veux dire, et le ton, et l'air me font comprendre que ce qu'il y a de meilleur en somme
pour moi, dans le moment présent, c'est

d'abandonner toute recherche dans cette petite rue.

« Me revoici donc sur cette éternelle Rambla, encore dépité, encore furieux et amer, mais non découragé. Au contraire, les obstacles, toute cette mauvaise volonté du sort, augmentaient mon entêtement. Et puis, enfin, la voix qui parlait en moi, cette voix que depuis deux mois nous dédaignons, cette voix criait de plus en plus fort... Je prends donc une voiture et je me fais conduire de nouveau chez la grosse femme à la robe bleue. Elle était ravie de me revoir, naturellement, elle m'accable de compliments, elle me demande de tes nouvelles, mais... elle n'avait pas de nouveaux sujets. Même la brune fanée était partie, il ne restait plus que les deux créatures insignifiantes, tu sais : celle qui est une véritable vierge, et dont le Président de la République du Brésil..., et celle dont la plus grande fierté est d'enlever sa chemise.

« Je redescends, je reprends ma voiture et je retourne dans la première maison où nous étions allés tous les deux. Dans quel énervement, tu l'imagines... Eh bien! encore vide!... Personne n'était venu... Je m'assois dans le salon avec la dame si bien élevée que tu connais, et nous causons... Elle est très gentille, tu sais... Elle voyait mon état. « Mais j'y pense, dit-elle, pas loin d'ici, habite une femme. Peut-être pourrions-nous voir si elle se trouve chez elle. » Elle a mis un manteau et nous sommes allés jusque-là... Naturellement la femme était sortie. Alors nous sommes revenus. Nous avons attendu encore, ensemble, dans le salon. Toujours personne. « J'ai bien ici, m'a confiée enfin cette dame obligeante, j'ai bien ici une femme, mais... je ne l'emploie plus; elle m'aide plutôt. Elle est couchée, vous pourriez toujours la voir, si... par hasard... » Nous prenons une bougie et nous entrons dans la chambre de cette pauvre enfant qui dormait, s'éveille, ouvre des yeux hagards... Seulement, elle n'était pas bien du tout.

« A la fin j'ai murmuré à la dame : « Mais, vous, vous, si vous vouliez... » Elle a répondu avec son air si comme il faut : « Non, vous savez, je ne travaille plus. Non..., vraiment, non... »

« Je suis parti, confié par elle au *sereno*[1], car jamais je n'aurais pu me retrouver dans toutes ces petites rues ; le premier *sereno* m'a passé au second qui m'a repassé au troisième, et ainsi de suite jusqu'à la Rambla. Voilà. »

Raymond hochait la tête mélancoliquement.

1. *Sereno* : veilleur de nuit. Ils portent d'énormes trousseaux de clefs : ils ont en effet les clefs des maisons des rues où ils veillent ; et ceux qui rentrent chez eux les appellent par un claquement de main pour se faire ouvrir la porte.

« Et tu dis, malheureux! fit-il en donnant un grand coup de poing sur mon lit, tu dis que ce peuple sait vivre avec volupté! »

III

Le lendemain soir, nous prenions des glaces sur la place de Catalogne. Dans la journée, nous avions visité le port et Barcelonnette, puis, comme des Espagnols, nous nous étions assis avec des poses nonchalantes dans des fauteuils du Paseo de Gracia et nous avions regardé les équipages, les cavaliers et les femmes.

Le soir, cependant, nous étions assez maussades. Nous nous ennuyions. Tous les mendiants qui s'arrêtaient devant le café, cherchant à exciter notre générosité par leurs talents ou par leur misère, ne nous distrayaient plus; ni les troupes d'aveugles qu'un borgne conduit, qui pincent de la guitare et dont l'expression du visage est touchante, ni les femmes chargées d'enfants, ni le cubain violoniste aux mines si comiques, ni le soldat manchot, décoré et habillé d'un uniforme troué, ne nous intéressaient encore. Nous avions envie de retourner sur la Rambla, de revoir son agitation nocturne.

Nous traversâmes la place et nous mélâmes à la foule qui descendait vers la Colonne. C'était la promenade joyeuse qui suit le souper, les groupes gais, des femmes qui rient, et l'on sentait dans chacun le plaisir de vivre par cette soirée douce. Nous suivions le courant, marchant tranquillement, quand il me sembla reconnaître une personne qui nous précédait : ces hanches rondes, cette petite taille, cette grâce? Mais oui, c'était la jeune fille qui se trouvait devant nous, l'autre jour, à la corrida! Ce soir, une femme sans âge, de forme sphérique, laide, sans doute une de ses parentes, l'accompagnait. Je les montrai à Raymond, puis, nous pressant un peu, nous les dépassâmes. C'était bien elle : je retrouvais sous la mantille ses deux yeux de diamant noir.

La rencontre nous aiguillonnait. Nous nous rappelions, d'ailleurs, l'impression que, l'autre jour la demoiselle nous avait faite avec son air de décence, sa tenue parfaite, le ton pas engageant sur lequel elle s'était plainte du cigare de Raymond; et nous la retrouvions avec une grosse dame qui, sans doute, était sa mère; tout cela ne donnait guère d'espoir. Cette gracieuse beauté espagnole était probablement une honnête petite bourgeoise qui venait prendre un peu le frais sur la Rambla avant de s'endormir. Pourtant, comme nous n'avions rien de mieux à faire et qu'elle nous semblait fort jolie, nous décidâmes de voir.

Revenus sur nos pas, nous croisâmes l'ingénue et nous lui lançâmes une œillade qu'elle remarqua, puis nous suivîmes les deux femmes. Elles avançaient au milieu de la foule, doucement, en s'éventant; au bout de quelques instants, la jeune fille se retourna; et, bientôt, une seconde fois. Raymond devint enthousiaste.

« Elle est délicieuse s'écria-t-il, délicieuse! Suivons-les, ne les perdons pas »; et il commença à parler de notre future conquête comme si elle était à lui; j'observais que dans le partage il m'oubliait, mais je le laissais dire. Les deux femmes, cependant, savaient à présent que nous les suivions; or, au lieu de s'en inquiéter, elles rapetissaient complaisamment leur allure déjà lente : je commen-

23

çais à douter de la vertu de la belle aficio-
nada. Bientôt, nous fûmes à même hauteur.
Nous échangeâmes quelques coups d'œil, puis
elles biaisèrent à droite et s'engagèrent dans
une petite rue. La fausse Agnès tourna encore
la tête pour voir si nous continuions à la
suivre : « Maintenant, nous ne pouvons plus
hésiter, dis-je à Raymond. Il n'y a pas de
doute. Il ne reste donc qu'à traiter l'affaire;
parle-leur, toi qui sais leur langue ». Et nous
quittâmes aussi la Rambla. La charmante
petite allait modestement au côté de cette
grosse boule trottinante que nous avions prise
d'abord pour la *madre* et qui n'était sans
doute que la *tia*[1]. Les lumières des boutiques
les éclairaient à leur passage, la rue était
parlante et animée; on y respirait la chaude
nuit d'été : toutes sortes de gens y circulaient;
des commères bavardaient sur le pas des

1. *Tia* : tante. Mais se prend aussi dans le sens d'entremetteuse.

portes. Nous avions peu à peu rejoint celles que nous suivions et nous marchions à un pas derrière elles, sans leur parler.

Arrivées en face d'un grand monument sombre qui s'allongeait sans fin dans la nuit, elles entrèrent dans le couloir d'une maison ; là, elles s'arrêtèrent. Nous pénétrions derrière elles : « Peut-on monter? » demanda Raymond à la *tia*, et sur un signe de consentement, nous emboîtâmes le pas dans un escalier gras, étroit et misérable.

Toute cette aventure me ravissait ; je lui trouvais un haut goût exotique. Je ne revenais pas de la mine honnête de la fillette, et cet usage de se faire accompagner dans la rue d'une personne d'apparence respectable pour y exercer son commerce équivoque, me paraissait d'un raffinement et d'une élégance délicieux. Enfin, je me rappelais l'air qu'elle avait l'autre jour aux arènes avec ce jeune homme qui semblait son frère et quand j'étais à mille lieues de sup-

poser qu'elle pût être d'un abord si facile... Il
ne me serait jamais venu à l'esprit, alors, de
rien tenter contre elle... Et voilà que nous
montions derrière sa jupe dans cet escalier
gras! Je jouissais parfaitement de ma surprise, de l'aventure imprévue, de sa nou-
veauté, enfin de toutes ces choses étrangères,
et, de plus, j'étais curieux de l'intérieur où
l'on nous menait; j'avais en somme un vif
plaisir.

Nous voilà à l'étage; la vieille pousse une
porte; nous entrons dans un corridor long et
vide. A gauche une pièce éclairée; on pouvait
à travers la porte vitrée couverte d'un rideau
blanc, distinguer une vieille femme assise
dans un fauteuil; il me sembla entendre une
voix d'homme. La tia avait allumé une lampe,
elle nous précédait dans le corridor... Nous
arrivâmes à une petite chambre, et elle nous
fit signe de nous mettre avec la fillette sur un
canapé.

L'endroit était pauvre : un papier maculé
et déchiré recouvrait le mur, une petite toilette
dont un pied était raccommodé se tenait humblement dans un coin ; sur une table qui occupait le milieu de la pièce, des fleurs en papier,
poussiéreuses, attendaient on ne sait quoi
dans un vase ébréché. Les carreaux du sol
étaient jonchés de bouts de cigarettes. Enfin,
au plafond, pendait un bec de gaz que la tia
alluma et qui fit son petit sifflement et sa
vilaine lumière. On découvrit une alcôve où
un lit, drapé de minces rideaux d'une couleur
passée, paraissait innocent.

La vieille s'était assise dans un fauteuil en
face de nous. Elle était posée là comme un tas
au sommet duquel on aurait planté une tête,
une tête singulière de femme chauve et mous-
tachue, avec des yeux à fleur de visage qui
souriaient d'un air bienveillant et endormi et
qui ne disaient rien. Parfois, la tête se tournait
et on aurait dit qu'elle se balançait, d'un mou-

23.

vement semblable à celui des mignons magots chinois dont le chef branle.

Notre ingénue s'était placée entre Raymond et moi, je caressais sa petite main brune. Raymond, j'ignore pourquoi, faisait semblant de ne connaître que quelques mots catalans, sans doute par caprice, ou bien afin de saisir les propos que les deux femmes auraient pu échanger à notre insu, Nous possédions déjà le nom de la belle : c'était Rosita... Rosita nous regardait comme on regarde des gens que l'on reconnaît sans pouvoir se rappeler ni où ni quand on les a rencontrés. Raymond lui dit que c'était à la corrida, l'autre soir; ce souvenir avec le détail du cigare l'amusa. Elle se reportait probablement à l'impression qu'elle avait éprouvée en nous entendant parler français derrière elle, et elle trouvait drôle de nous avoir revus si vite. Elle se mit alors à parler avec volubilité à la tia, qui balança la tête d'un air aimable.

Une chose en moi avait vivement frappé Rosita, c'est que je portais des souliers de chamois gris : elle en portait aussi. Cette coïncidence lui ayant semblé remarquable, elle en avait tout de suite fait part à la tia, laquelle, abaissant avec complaisance ses regards sur mes extrémités, pépia, à leur aspect, de satisfaction... Il devint bientôt évident que Rosita s'intéressait davantage à moi qu'à Raymond...J'attribuais cette circonstance à ce que Raymond l'étonnait moins : il est en effet noir de peau, barbu et de regard farouche : d'abord, sur sa mine, elle l'avait cru catalan; puis, après ses dénégations, elle avait décidé qu'il était castillan, mais un Castillan lui offrait peu de mystères et elle se tournait vers moi qui lui dévidais tout un écheveau de jolis compliments français auxquels elle ne comprenait goutte, ce ce qui la faisait rire aux éclats. *Que diu? que diu?* demandait-elle à Raymond, lequel devait

traduire mes galanteries, sans en tirer d'autre
profit que de la voir me remercier d'un :
Muchisimas gracias, señor, plein de gentil-
lesse.

Encore que mon pauvre ami fût tout décon-
fit de la tournure que prenaient les choses, il
n'en voulait rien laisser paraître : il était aimable pour tout le monde, y compris la vieille.
Cependant, sans que ni l'un ni l'autre de nous
deux n'eussions rien dit, au bout d'assez peu
de temps, il se trouvait comme sous-entendu
que c'était moi qui étais venu pour la Rosita ;
c'était à moi qu'elle s'adressait, c'était moi
dont elle s'occupait, moi son ami, moi son
futur amant. Et voilà Raymond voué encore
au célibat!... Heureusement que la tia conservait assez de présence d'esprit, à travers son demi-sommeil souriant, pour s'in-
former si l'autre señor ne désirerait pas connaître lui aussi *una doña molt maca*. A quoi
Raymond répondit avec feu que c'était là pré-

cisément le plus vif objet de ses désirs. La vieille l'engagea à attendre un peu, car une femme extrêmement belle ne manquerait certainement pas d'arriver bientôt.

Nous attendîmes. Pour moi-même, ce n'était point pénible : déjà je prenais quelques acomptes sur 'les plaisirs que la Rosita devait bientôt m'offrir, je la caressais, je l'embrassais ; sa grâce souple de jeune animal, le sourire de tout son visage et ses jolis mouvements me ravissaient. Toujours muette, la vieille suivait nos jeux de l'air attendri d'une bonne femme qui regarde les ébats de ses petits enfants. Raymond nous avait cédé tout le canapé s'y jugeant désormais inutile ; il avait pris une chaise et il inspectait les êtres d'un œil morne. Je m'apaisai par égard pour sa mésaventure, et je me mis aussi à attendre avec sérieux, immobilité et patience... Maintenant, tous les quatre, nous attendions, sans parler ni bouger, comme dans le salon d'un dentiste. Le temps passait. Le bec de gaz faisait son petit sifflement dans le silence. Chacun suivait obstinément les bruits qui montaient de la rue. La tia sourit vaguement vers Raymond et elle dit : « *Qui espera desespera.* » Je demandai ce que cela signifiait : « Qui attend se désespère », me traduisit Raymond... Puis le silence recommença. Rosita balançait ses jambes dans le vide comme une petite fille qui s'ennuie, cela faisait un bruit de jupe. Je regardais la table, le bec de gaz, la tia, la toilette, enfin le lit, ce lit où mes noces avec la Rosita se consommeraient et que, pour une aussi belle fête, j'aurais souhaité plus luxueux.

Nous ne parlions point, et ainsi, tranquilles et muets, nous attendions la belle Espagnole qu'une vieille femme avait promise à Raymond.

On entendit enfin s'ouvrir la porte. Au bruit la tia se leva et sortit dans le couloir. Elle revint bientôt, suivie d'une forte fille au visage épanoui, et qui contrastait tout à fait avec la

Rosita mignonne et menue. Cette heureuse créature s'assit sur les genoux de Raymond qui l'examina en souriant : elle souriait aussi... La vieille suivait tous les regards de Raymond avec une forte attention ; sa tête accompagnait chaque geste comme celle d'un petit chien guettant une friandise qu'on a dans la main. Enfin la forte fille se leva et sortit. Alors la tia tendit si vivement son visage du côté de Raymond, et avec un tel air interrogateur, qu'elle m'amusa fort. Mon ami lui fit mille compliments sur sa doña maca. Mais la tia distinguait bien qu'elle ne lui plaisait qu'à moitié. Moins grasse ? fit-elle simplement... Raymond assura que la personne était tout à fait de son goût. Puis il se leva en annonçant que nous reviendrions demain soir à huit heures et demie. Nouvelle qui consterna Rosita. « Demain ! demain ! Demain ! Pourquoi pas ce soir ? » disait-elle, et elle faisait une petite moue délicieuse ; sans doute elle croyait que

nous ne reviendrions pas. Et si je n'avais pas su à
quoi m'en tenir sur la cause réelle de son insistance et de son désappointement, j'en aurais
été flatté ; la vieille, elle, plus perspicace, ne
témoignait aucun mécontentement, elle avait
compris que nous reviendrions. *Pour la nit?*
demanda-t-elle, et à notre assentiment, elle
nous regarda avec considération. Puis on dé-
battit le prix qui fut fixé à quatre douros la
pièce, et nous sortîmes.

J'avais vu que la compagne qu'on avait offerte
à Raymond ne lui convenait aucunement,
et que c'était la raison qui l'avait décidé à
renvoyer à demain un festin si attendu et
pour lequel son appétit était si aiguisé. Cette
fille était en effet banale, et sans sa fraîcheur
et son apparente santé, elle ressemblait à
toutes celles que nous aurions pu rencontrer
dans n'importe quelle ville d'Europe : son
sang espagnol ne sautait pas aux yeux, et
puis elle était d'une telle complaisance indif

férente qu'on ne trouvait plus aucune raison
de la désirer : elle était vraiment trop prête
à réaliser tous vos désirs, — et non seulement
les vôtres !

Pour moi je préférais ne point m'aventurer
à passer la nuit seul dans une maison inconnue
en pays étranger et chez des gens équivoques.
Je m'y serais trouvé bien désarmé dans le cas
d'une tentative quelconque. C'est cette réflexion qui m'avait fait suivre Raymond dans
sa retraite.

Dehors je lui offris hypocritement la Rosita,
mais il tint à honneur de ne pas l'accepter :
c'était ce que j'attendais ; — seulement il
aggrava son refus en ajoutant véhémentement
qu'elle ne lui plaisait pas. Ce virement de goût
subit ressemblait à du dépit ; cependant je ne
le remarquai point tout haut, afin de ne pas
accentuer la mauvaise humeur de mon ami,
et pour me garder de tirer vanité grossière-
ment d'une victoire que je ne devais en somme

24

qu'à mes joues glabres, à mon ignorance du catalan et à ma chaussure.

J'engageai alors Raymond, puisque la Rosita ne lui agréait plus, à prendre la forte fille que la tia lui avait présentée. Je la lui vantai avec conviction comme si je l'avais trouvée tout à fait plaisante. Il se borna à me répondre qu'elle ne l'intéressait pas. Me voilà embarrassé, car d'un côté je tenais à la Rosita, mais d'un autre je craignais de passer la nuit chez elle, si Raymond n'y couchait aussi. Pour le décider à la forte fille, je fis valoir cet argument : Il ne pouvait m'abandonner, je courrais des risques seul au milieu d'inconnus dont j'ignorais le langage... Cela ne le détermina point. Il s'écria qu'au contraire, il n'y avait aucun danger, la rue étant très fréquentée, et la chambre donnant sur la rue ; je ne me laisserais pas égorger sans jeter un cri : or, je n'avais qu'à appeler et l'on m'entendrait... La Rosita me tenant, cette raison

me convainquit assez facilement ; j'arrangeai
seulement de ne porter là-bas ni montre,
ni bijoux, ni argent : ainsi en admettant que
la maison de la tia fut un vrai repaire de
bandits, du moins on ne m'y enlèverait pas
grand'chose. Une fois la résolution prise, je
fus impatient du moment de l'exécuter, attendant imprévu et sensations singulières d'une
nuit passée chez des gens qui ne me compre-
naient point, près d'une enfant avec qui je ne
pourrais pas échanger deux paroles.

IV

Le lendemain soir, à l'heure fixée, nous étions chez la tia. Raymond lui annonça qu'il avait la migraine et que cette nuit je resterais seul chez elle. Elle ne fit pas une objection, et demanda seulement avec un visage inquiet si Raymond souffrait beaucoup. Elle nous prenait certainement pour des étrangers d'importance, à tous les caprices desquels il faut se plier, car il y a toujours plus à gagner avec eux, en ne les contredisant point ; sans doute elle comptait par sa bonne grâce s'attacher notre clientèle.

Nous voulûmes voir Rosita. Elle finissait de dîner. La tia l'appela. Elle vint en camisole, débraillée, dans une tenue où se reconnaissaient toutes les habitudes d'une existence irrégulière. Nous annonçâmes à la tia que nous voulions emmener sa protégée prendre du café avec nous. La Rosita fit un peu la grimace, il fallait s'habiller, et elle était paresseuse; cependant elle ne songea point à résister, se sachant à nous, — et puis la tia l'encourageait de l'œil : elle disparut donc pour aller s'apprêter, mais qu'elle n'eut obéi qu'avec une demi-passiveté nous parut agréable... Il est fâcheux d'avoir des esclaves trop soumis, on n'a la joie de se sentir le maître que s'ils ne vous cèdent qu'après une défense... Rosita revint au bout de quelques instants

24.

parée de sa jupe de satin noir et de son corsage blanc, et la mantille sur ses cheveux. Et
au moment où j'écris ceci, je la vois vraiment
rentrant dans la chambre, je vois le geste de
la tia qui se tourne vers elle pour examiner si
elle est bien, je la vois, elle, qui se laisse regarder en souriant, et en même temps j'entends le bruit de la Calle Hospital, sur laquelle donne la maison, monter par la fenêtre ouverte... Rosita a un grain de beauté
très noir sur sa joue mate, ses yeux sont durs
et vifs comme un charbon brillant, elle possède un petit nez joli et un sourire gai comme
le bruit d'un ruisseau, ou comme un rayon
de soleil sur l'herbe, enfin comme toute chose
heureuse avec simplicité; c'est une petite âme
contente telle que si elle vivait parmi des
anges. La vieille lui demande pourquoi elle
a mis cette mantille. Et Rosita répond qu'elle
est moins jolie que l'autre, mais moins chaude.
Et maintenant la vieille nous regarde tous les

deux debout, et le barbu Raymond près de
nous, elle sourit d'un air charmé et elle dit
en remuant la tête avec bonhomie : « El papa
et elle matrimono... » Et cela n'est pas ridicule. Il n'y a sans doute qu'en Espagne
qu'une entremetteuse peut montrer avec sin-
cérité un pareil amour de la famille... Quand
nous avons passé la porte, elle m'a flatté le
dos d'un petite tape amicale et familière.

Sur la Rambla, nous marchons au milieu de
la foule ; je tiens Rosita par le petit doigt, je
me régale, dans cet air chaud, sur cette
avenue vivante, d'être au côté d'une femme
qui porte une mantille, qui s'évente, et qui
parle d'une voix rauque. Elle parle, j'écoute
et je ne comprends pas. Mais Raymond lui répond. De temps en temps, je prie qu'on me
traduise la conversation. Seulement, bientôt,
je me sens un peu exilé, et voilà qu'il m'apparaît très singulier de posséder une fille à laquelle je ne puis pas même dire qu'elle a de

jolis yeux... Cependant c'est elle qui m'a choisi; cette petite Rosita recherche donc des sensations particulières?

Au café, elle est charmante ; elle me sert, elle sucre mes boissons, elle y presse du citron, elle ne veut pas que je fasse rien : la femme doit servir l'homme, l'homme doit se laisser servir en fumant paisiblement et sans accomplir un geste inutile. Je m'accommode de cette façon de comprendre les devoirs, et je la regarde avec plaisir s'agiter gracieusement.

« Petite fille à la mantille tu me plais infiniment; tu es exquise, je regrette de ne pouvoir pas te le dire en ton langage et avec de jolis mots qui te chauffent le cœur. Mais vois comme je te souris! Tu me plais, et l'idée de te posséder tout à l'heure me rend fort heureux; tu verras, ô petite sauvage, que le Français n'est point remarquable seulement parce qu'il n'est pas noir de peau et parce que ses souliers sont en chamois gris, mais parce que en outre il s'entend à la volupté... »

Raymond nous accompagna jusqu'à la maison.

Tandis que Rosita me précédait dans le couloir, d'un geste furtif je passais à mon ami ma montre, ma bague et ma bourse. Puis Raymond nous ayant souhaité une bonne nuit partit. J'étais seul maintenant, seul dans une maison dont les habitants ne savaient dire que des mots pour moi dénués de sens, et desquels il ne m'était pas possible non plus de me faire entendre. Cependant j'y venais dans un but connu, déterminé d'avance, je ne voyais donc guère quel embarras j'avais à craindre.

Je n'en rencontrai point, en effet. La tia m'accueillit avec son air maternel. Elle s'enquit de la migraine de Raymond, ce que je devinai à sa pantomime : elle lissait son menton pour désigner Raymond par sa barbe, puis touchait son front pour signifier le mal.

Je la rassurai par des mouvements de tête et d'yeux qui manifestaient que la douleur n'avait pas augmenté.

Là-dessus nous passâmes dans la chambre; la tia et, avec elle, une autre vieille que je n'avais pas encore vue arrivèrent et se mirent à préparer le lit... Rosita se déshabillait. J'étais assis dans un fauteuil, je fumais une cigarette et je souriais d'un air aimable, puisque je ne pouvais pas parler.

Les vieilles étaient sorties... Seul avec ma jeune compagne, je m'intéressais à ce qui se trouvait sous sa jupe et sous son corsage et qu'elle retirait peu à peu. C'était plusieurs jupons blancs très empesés et qui lui donnaient ces hanches rondes qu'elle avait de commun avec toutes les autres Espagnoles que je voyais dans les rues, puis un corset très peu serré où son torse souple et ses seins mignons de jeune fille étaient à l'aise.

Elle se trouva en chemise. Sa peau très

brune s'opposait vivement à la blancheur
éclatante du linge : on eut dit une petite
négresse ; agile et de mouvements parfaits,
avec des lèvres rouges et des dents blanches ; il
y avait je pense du sang maure dans ses
veines... Il faisait chaud : elle se mit nue, et
elle allait et venait dans la chambre, sans
pudeur ni impudeur, insouciante et très jolie.

Alors je la pris dans mes bras et je la cares-
sai. Elle me disait des choses gentilles et
incompréhensibles. Puis j'emportai sur le lit
cette petite bête innocente, et je sus qu'elle
avait eu raison de me choisir et que point n'est
besoin de paroles pour bien s'accorder en faisant l'amour. Je n'avais qu'à regarder ses
yeux et sa bouche pour deviner tous ses désirs,
et, si je l'étreignais, son mignon corps qui se
cambrait et m'enlaçait disait tout ce qui se
passait dans sa vie et ce que nul mot n'aurait
pu m'exprimer mieux. Rosita, petite chair
brûlante, tu le savais bien que la parole n'est

faite que pour énoncer des idées, et qu'elle est superflue ou vaine pour se transmettre des sensations.

Il faisait lourd. La sueur nous mouillait. Par les fenêtres grandes ouvertes, j'entendais dans la rue des gens passer et parler leur langage inconnu... Je ne voulais pas dormir, car, de temps en temps, à l'autre bout de l'appartement, je distinguais une voix d'homme... J'enlaçais la Rosita, et je sentais dans ses cheveux une odeur d'épices. De tout cela étrange, lointain et différent, je jouissais.

Quand nous ne nous embrassions pas, c'est alors que la parole nous faisait faute. Mais nous essayions tout de même d'entamer une conversation. En comptant sur ses doigts elle me dit son âge qui était dix-sept ans. Puis je lui fis savoir par gestes que jamais je n'avais dormi avec une femme si brune... Mais les sujets de conversation par ce moyen sont assez rares. Et on les épuise vite. Pour ne pas rester à court, nous nous enseignions maintenant le langage de nos pays respectifs. Je désignais ses yeux et je disais : Les yeux, elle disait : Ochos. Puis son nez, et elle : Al nas; sa bouche : la boca; ses seins : las tetas; et son ventre : la panxa; et ses jambes : las camas, et ses mains : las mas... Ensuite je lui disais qu'elle était jolie : O hermosa, ô mignoneta !

Parfois on entendait dehors un claquement de mains, c'était quelqu'un rentrant qui appelait le sereno; celui-ci avec son bruit de clés, arrivait en courant.

Rosita se mit à chanter, je l'écoutai en extase. Jamais les chansons espagnoles si violentes et si sauvages, et où toute l'âme de la race crie, ne m'ont autant saisi. Elle jetait des paroles, de sa voix rauque, et passionnément je l'écoutais. Quand elle avait fini : Mira (regarde), disait-elle, et elle m'envoyait un baiser; — je l'embrassais alors avec une passion doublée de tout ce que j'avais senti vivre dans sa chanson.

Elle voulut que je chantasse aussi. Je lui dis une ou deux chansons de café-concert, les plus connues et les plus populaires. En répétant cela après l'avoir écoutée, j'étais honteux de ce qui se chante chez nous, de ces pauvretés et de cette mélodie niaise. Mais elle, elle ne s'en lassait pas, elle trouvait cela beaucoup plus beau que ce qu'elle avait chanté. Elle voulait que je continuasse toujours. Et elle me demandait : « Canta, canta... canta, toi. »

... Il y eut une discussion dans la rue. J'épiais... Quand nous ne causions pas, je regardais le bec de gaz qui brûlait au milieu de la chambre... Elle me disait : Ai qué pensès ? Je répondais : Nada... Alors elle voulut me dire une phrase très longue à laquelle je n'entendis goutte. Elle la recommençait, elle cherchait une façon de se faire comprendre. Et je ne saisissais point. Compren? compren? disait-elle. Et moi : No. Elle hochait la tête d'un air désolé : Ah!... quès mal dano entendre pas el francès, quès mal!...

Un coq chanta. Il était très tard, — ou très tôt. Dans la rue on n'entendait plus rien; toutes les maisons dormaient. La voix de l'homme qui parlait hier soir à la tia s'était tue. Comme il ne m'était encore rien arrivé, je me rassurai... Et je m'endormis.

... Quand je me réveillai, il faisait grand jour, il y avait beaucoup de tapage dehors. La petite Rosita dormait doucement près de moi. Rien dans la chambre n'était troublé. Mes vêtements pendaient à leur place. J'étais décidément chez une honnête tia.

Je me levai. Je m'habillai. Je retrouvai les douros dans ma poche, et je les alignai sur la table.

Rosita qui s'était levée, fit rebondir les grosses pièces et les rattrapa dans sa main, comme on fait en Espagne pour éprouver la bonté de la monnaie. J'aurais voulu lui donner autre chose, pour la remercier particulière- ment de m'avoir départi tant de plaisirs, mal- heureusement, à cause de ma précaution je n'avais guère dans mes poches qu'une quaran- taine de sous en menue monnaie. Je les lui offris en m'excusant par gestes du peu. Mais à cette idée que je n'avais rien d'autre sur moi elle fut saisie de compassion, et elle me ren- dit exactement dix-neuf sous, en me suppliant de les accepter. J'ai trouvé cela adorable, et ces dix-neuf sous je les ai mis dans mon gous- set en bénissant le Seigneur d'avoir créé une enfant divine comme la Rosita, et de m'avoir permis de la connaître.

Je partis. Elle me donna un baiser exquis, un baiser d'enfant amoureuse. Dans le couloir je rencontrai la tia en corset, ce qui était un spectacle invraisemblable et qui mit le comble à mon bonheur. Elle me salua d'un sourire et d'un buenes maternel.

V

La nuit suivante, nous quittâmes Barcelone par mer.

Raymond avait à la fin trouvé quelque apaisement chez la dame bien élevée que nous avions visitée l'autre soir.

Le bateau se mit en mouvement à quatre heures; l'aube blanchissait le ciel. Je m'étais réveillé en sentant que nous n'étions plus immobiles, dressé sur ma couchette je regardais par le hublot les quais défiler lentement le long de l'eau livide et morte. Le port entouré de ses portiques passait devant moi ; les lourds navires, amarrés à côté les uns des autres, se succédaient. La colonne de Christophe-Colomb parut, triomphale, se détachant sur le ciel clair. Puis ce fut Montjuich, dressant sa masse énorme au-dessus de la ville. Enfin, ayant longé les jetées, nous passâmes le phare et nous entrâmes dans la mer libre... Alors, ne voyant plus par mon hublot qu'une plaine glauque et mouvante, je me rallongeai sur ma couchette.

Août-septembre 1903.

TABLE DES MATIÈRES

—

———

PARIS. — L. MARETHEUX, IMPRIMEUR, 1, RUE CASSETTE. — 10111.

CE DOCUMENT A ETE TROUVE DANS LE VOLUME

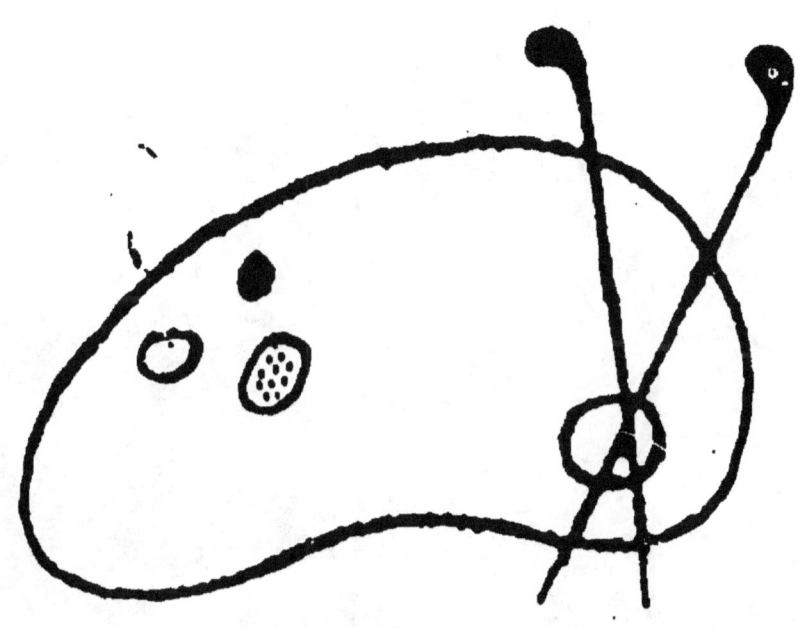

Début d'une série de documents
en couleur

CHRISTOFLE & Cie

ORFÈVRES

56, rue de Bondy — PARIS

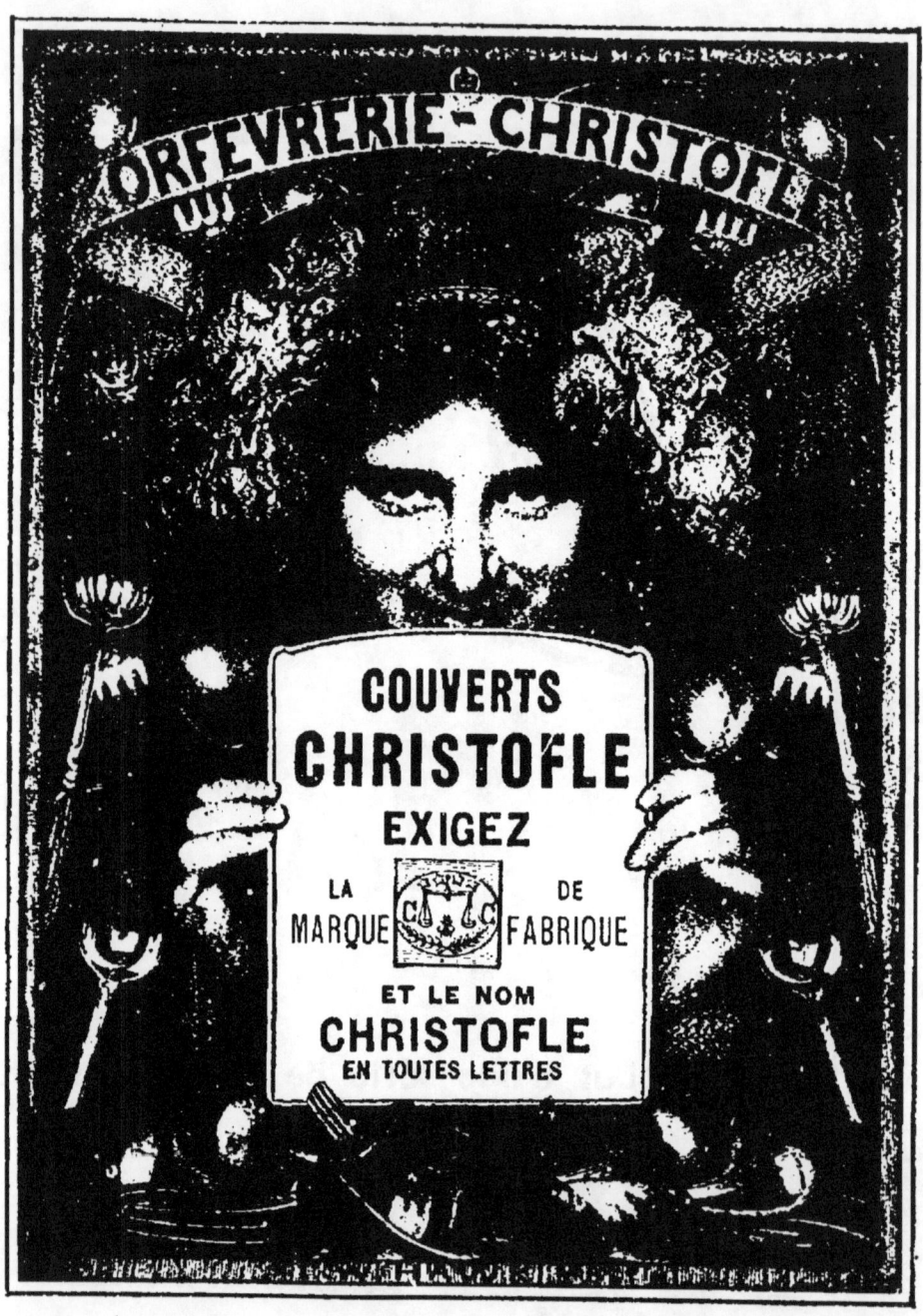

Envoi franco du Catalogue illustré.

CHRISTOFLE & CIE

PARIS - 56. RUE DE BONDY 56 - PARIS

PETITE ORFÈVRERIE " L. XV MARLY " ARGENTÉE SUR METAL BLANC
N° 5305

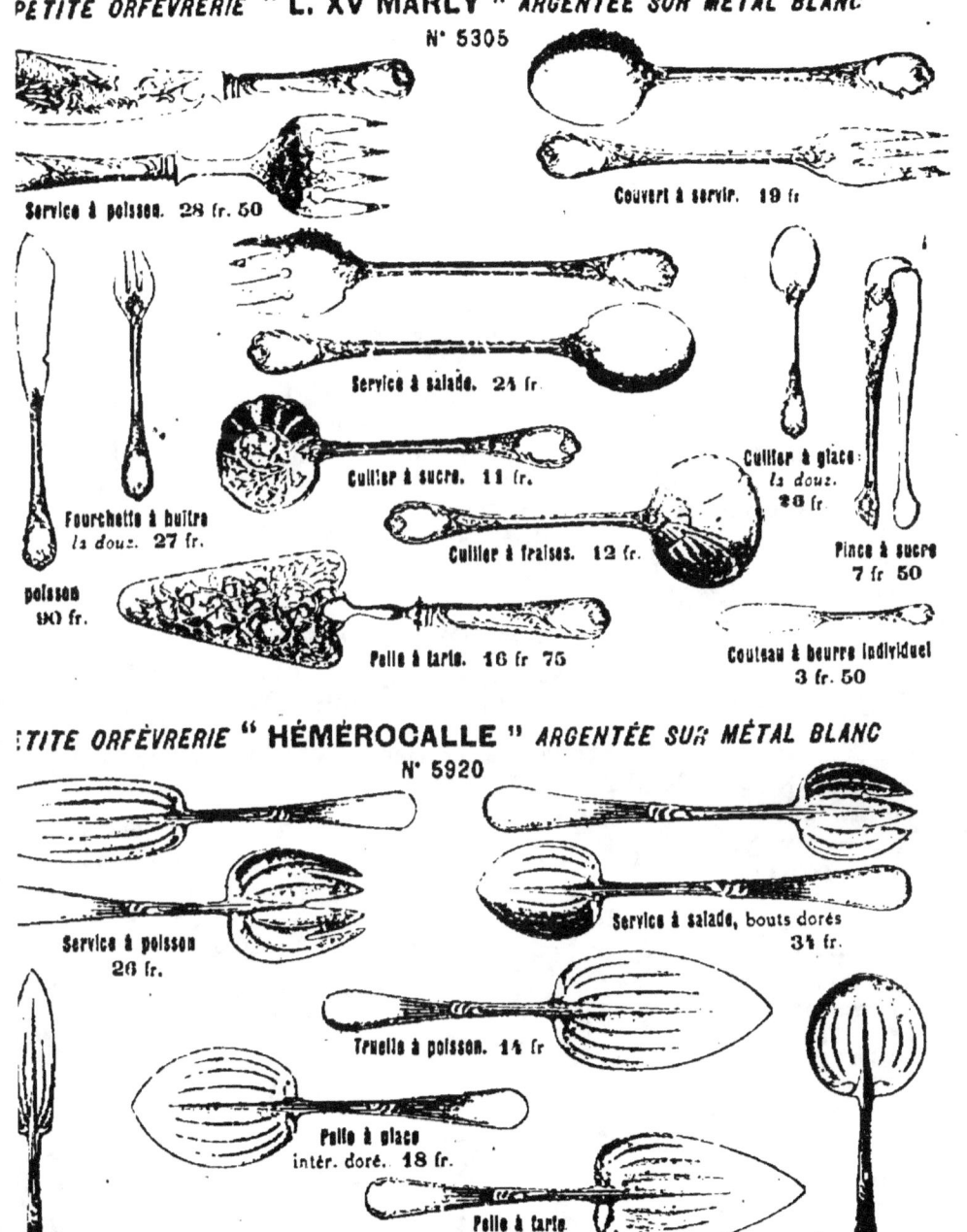

Service à poisson. 28 fr. 50

Couvert à servir. 19 fr

Service à salade. 24 fr.

Cuiller à sucre. 11 fr.

Cuiller à glace la douz. 28 fr.

Fourchette à huitre la douz. 27 fr.

Cuiller à fraises. 12 fr.

Pince à sucre 7 fr 50

poisson 80 fr.

Pelle à tarte. 16 fr 75

Couteau à beurre individuel 3 fr. 50

PETITE ORFÈVRERIE " HÉMÉROCALLE " ARGENTÉE SUR MÉTAL BLANC
N° 5920

Service à poisson 26 fr.

Service à salade, bouts dorés 34 fr.

Truelle à poisson. 14 fr

Pelle à glace intér. doré. 18 fr.

Pelle à tarte. intér. doré. 18 fr.

Couteau à glace, int' doré. 18 fr.

Cuiller à fraises intér. doré. 14 fr.

poisson 126 fr.

Cuiller à glace int' doré, la douz. 36 fr.

Cuiller à sucre, intér. doré. 16 fr.

ENVOI FRANCO DU CATALOGUE ILLUSTRÉ

CHRISTOFLE & CIE

PARIS — 56, RUE DE BONDY 56 — PARIS

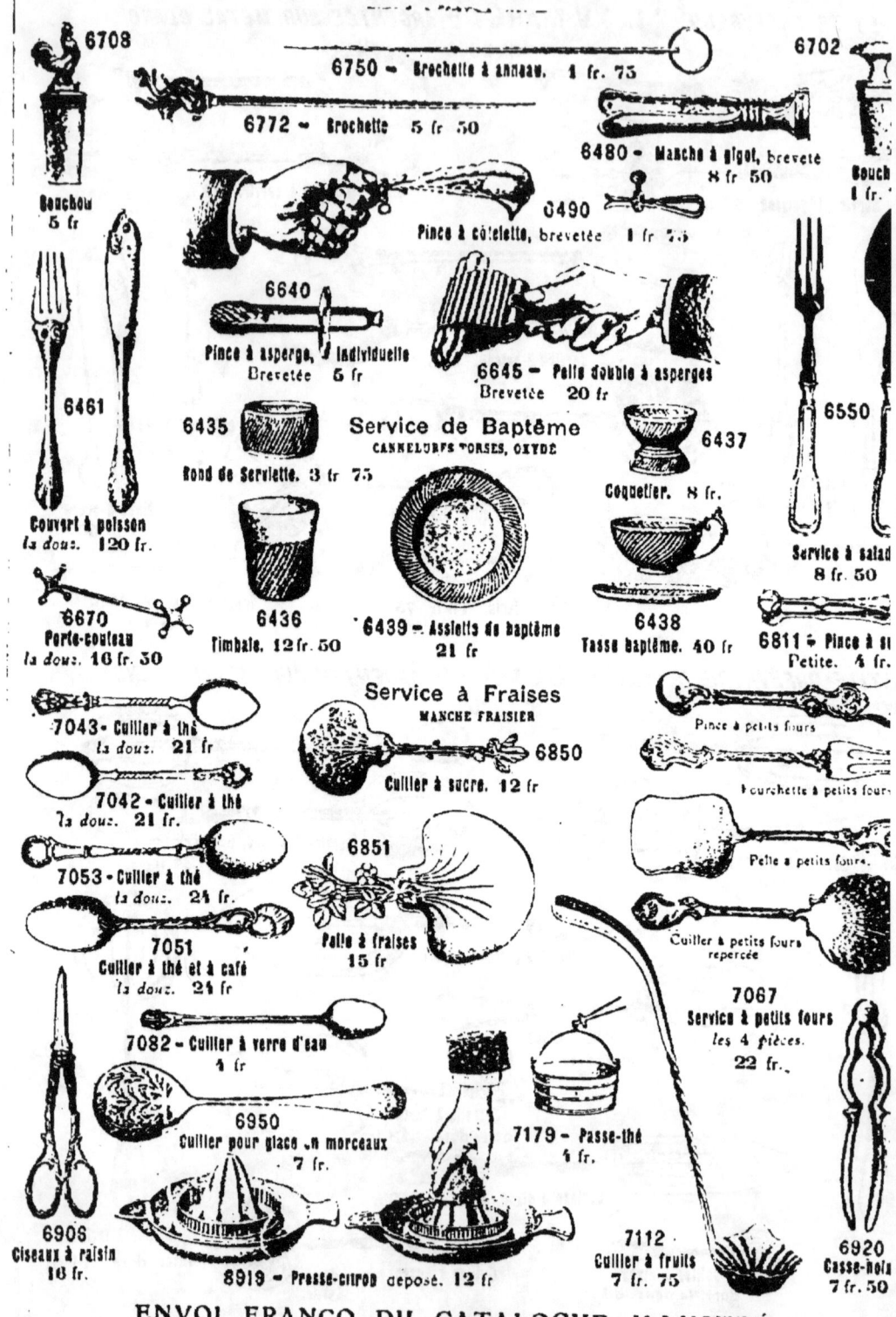

6708
Bouchon
5 fr.

6750 — Brochette à anneau. 1 fr. 75

6772 — Brochette 5 fr. 50

6480 — Manche à gigot, breveté
8 fr 50

6490
Pince à côtelette, brevetée 1 fr. 75

6702
Bouch..
1 fr.

6640
Pince à asperge, individuelle
Brevetée 5 fr

6645 — Pelle double à asperges
Brevetée 20 fr

6461
Couvert à poisson
la douz. 120 fr.

6435
Rond de Serviette. 3 fr 75

6436
Timbale. 12 fr. 50

Service de Baptême
CANNELURES TORSES, OXYDÉ

6439 — Assiette de baptême
21 fr

6437
Coquetier. 8 fr.

6438
Tasse baptême. 40 fr

6550
Service à salad..
8 fr. 50

6670
Porte-couteau
la douz. 16 fr. 50

6811 — Pince à s..
Petite. 4 fr.

7043 — Cuiller à thé
la douz. 21 fr

7042 — Cuiller à thé
la douz. 21 fr.

7053 — Cuiller à thé
la douz. 24 fr.

7051
Cuiller à thé et à café
la douz. 24 fr.

7082 — Cuiller à verre d'eau
4 fr

Service à Fraises
MANCHE FRAISIER

6850
Cuiller à sucre. 12 fr

6851
Pelle à fraises
15 fr

Pince à petits fours

Fourchette à petits fours

Pelle à petits fours.

Cuiller à petits fours
repercée

7067
Service à petits fours
les 4 pièces.
22 fr.

6950
Cuiller pour glace en morceaux
7 fr.

7179 — Passe-thé
4 fr.

6908
Ciseaux à raisin
16 fr.

8919 — Presse-citron déposé. 12 fr

7112
Cuiller à fruits
7 fr. 75

6920
Casse-noix
7 fr. 50

ENVOI FRANCO DU CATALOGUE ILLUSTRÉ

CHRISTOFLE & CIE

PARIS - 56, RUE DE BONDY, 56 — PARIS

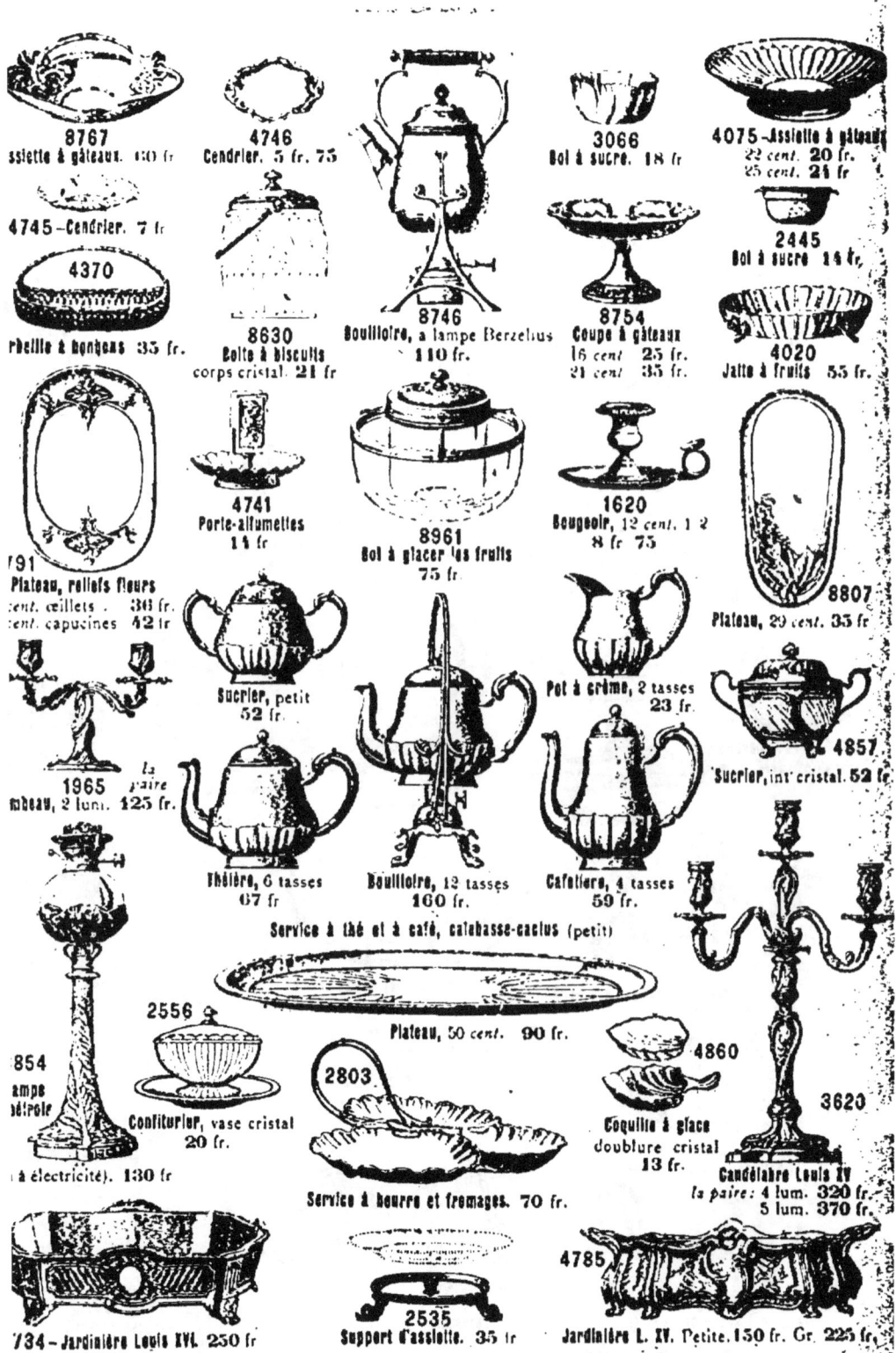

ENVOI FRANCO DU CATALOGUE ILLUSTRÉ

CHRISTOFLE & Cᴵᴱ

PARIS · 56 RUE DE BONDY, 56 · PARIS

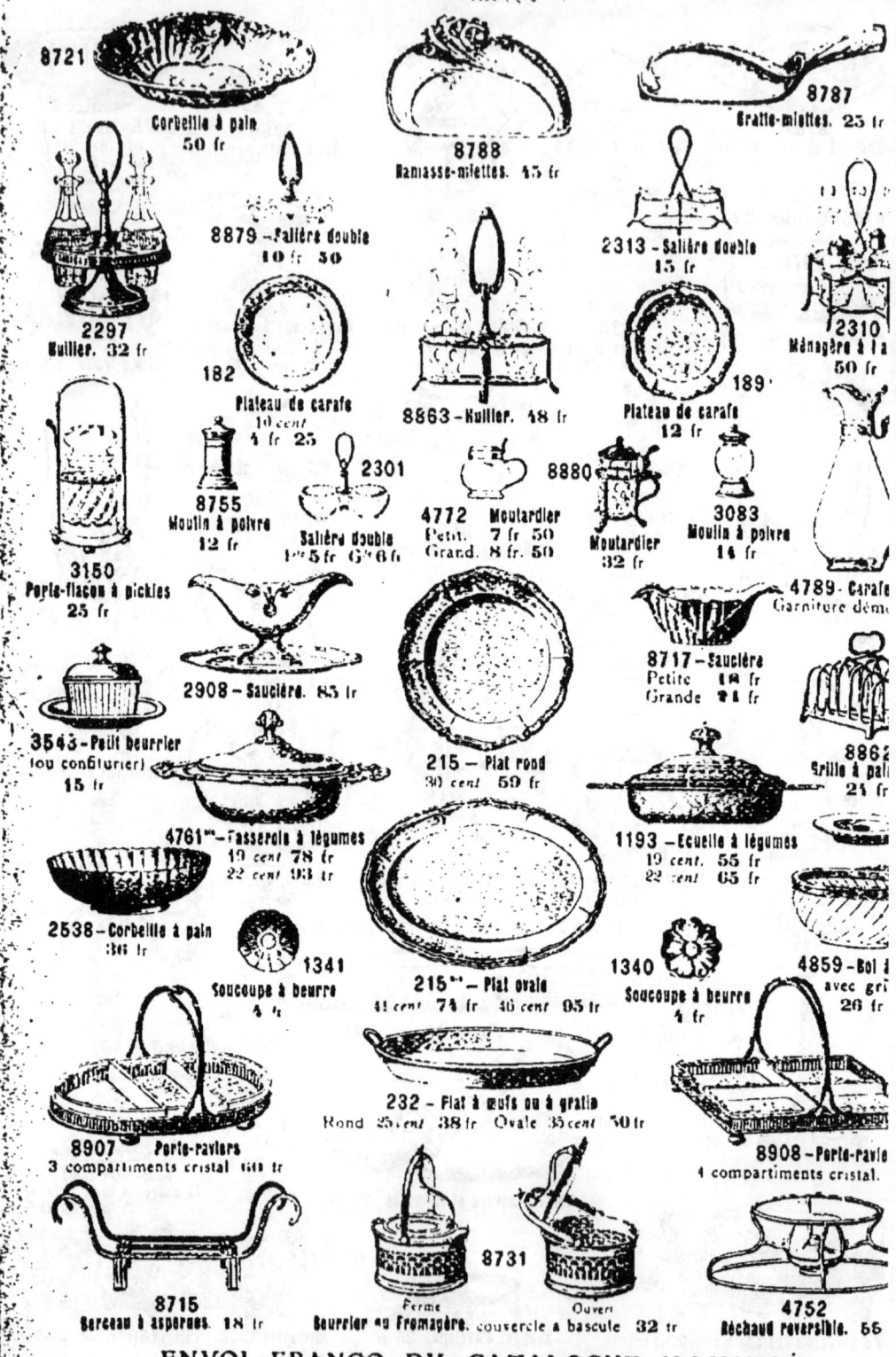

8721
Corbeille à pain
50 fr

8788
Ramasse-miettes. 15 fr

8787
Gratte-miettes. 25 fr

8879 – Salière double
10 fr 50

2313 – Salière double
15 fr

2297
Huilier. 32 fr

182
Plateau de carafe
10 cent
4 fr 25

8863 – Huilier. 18 fr

189
Plateau de carafe
12 fr

2310
Ménagère à la
50 fr

8755
Moulin à poivre
12 fr

2301
Salière double
1ᵉ 5 fr 6ᵉ 6 fr

4772 Moutardier
Petit. 7 fr 50
Grand. 8 fr. 50

8880

Moutardier
32 fr

3083
Moulin à poivre
14 fr

3150
Porte-flacon à pickles
25 fr

4789 – Carafe
Garniture démo

2908 – Saucière. 85 fr

3543 – Petit beurrier
(ou confiturier)
15 fr

215 – Plat rond
30 cent 59 fr

8717 – Saucière
Petite 18 fr
Grande 24 fr

8862
Grille à pain
24 fr

4761ᵐ – Casserole à légumes
19 cent 78 fr
22 cent 93 fr

1193 – Ecuelle à légumes
19 cent 55 fr
22 cent 65 fr

2538 – Corbeille à pain
36 fr

1341
Soucoupe à beurre
4 fr

215ᵇⁱˢ – Plat ovale
41 cent 74 fr 46 cent 95 fr

1340
Soucoupe à beurre
4 fr

4859 – Bol à
avec gri
26 fr

8907 Porte-raviers
3 compartiments cristal 60 fr

232 – Plat à œufs ou à gratin
Rond 25 cent 38 fr Ovale 35 cent 50 fr

8908 – Porte-rravie
4 compartiments cristal.

8715
Berceau à asperges 18 fr

8731
Ferme Ouvert
Beurrier ou Fromagère. couvercle à bascule 32 fr

4752
Réchaud reversible. 55

Modèle N° 5002	Modèle N° 5101	Modèle N° 5104	Modèle N° 5201	Modèle N° 5204
FILET	**BAGUETTE**	**JAPONAIS**	**ÉCUSSON L. XVI**	**VIOLON PALMETTES**

COUVERTS ET PETITE ORFÈVRERIE ARGENTÉS SUR MÉTAL BLANC		PRIX				
		5002 5101 5104	5201 5204 5207	5305	5501 5307	5801
		fr. c.	fr. c.	fr. c.	fr. c.	fr. c.
illers de table	la douzaine.	33 »	37 50	42 »	42 »	48 »
urchettes de table	—	33 »	37 50	42 »	42 »	48 »
uteaux de table	—	33 »	39 »	42 »	44 »	47 »
illers de dessert	—	30 »	34 50	39 »	39 »	45 »
urchettes de dessert	—	30 »	34 50	39 »	39 »	45 »
uteaux de dessert, lame acier	—	27 »	33 »	36 »	38 »	41 »
— — lame argentée	—	33 »	39 »	42 »	44 »	47 »
illers à café	—	17 »	21 »	24 »	24 »	27 »
illers à moka, 10 centimètres	—	13 »	17 »	20 »	20 »	23 »
uche, grande	la pièce.	13 »	16 »	19 »	19 »	21 »
— petite	—	11 »	14 »	19 »	17 »	» »
iller à ragoût	—	8 »	10 »	11 »	11 »	12 »
urchettes à huîtres	la douzaine.	21 »	24 »	27 »	27 »	30 »
— à escargots	—	21 »	24 »	27 »	27 »	30 »
illers à œufs	—	21 »	24 »	27 »	27 »	30 »
rvice à hors-d'œuvre, 6 pièces	le service.	24 »	29 »	31 »	31 »	33 »
uteau à fromage, lame acier	la pièce.	3 50	4 »	4 25	4 25	4 50

Tous nos produits portent notre Marque

HRISTOFLE

ÉTAL BLANC

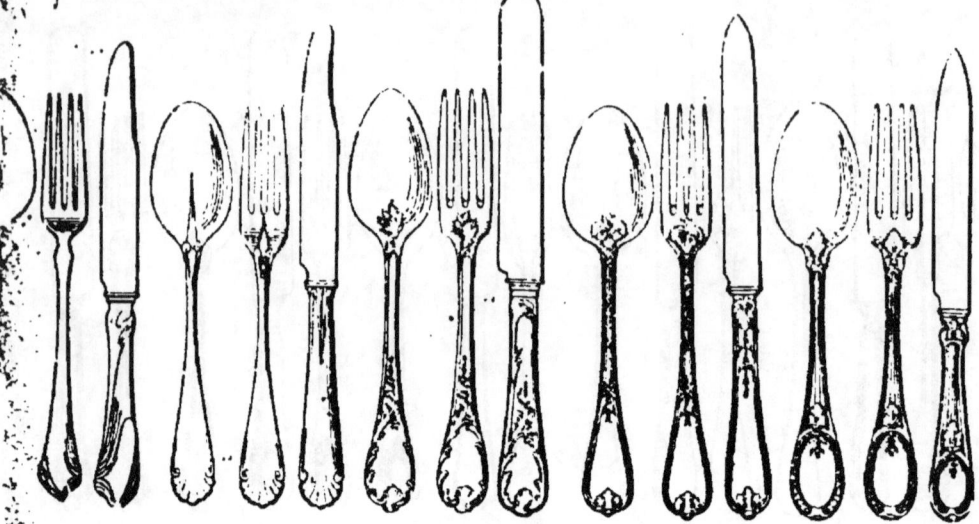

odèle N° 5207	Modèle N° 5501	Modèle N° 5305	Modèle N° 5307 L. XVI	Modèle N° 5801
RNE GRAMONT	DIRECTOIRE	L. XV MARLY	FILETS & RUBANS	L. XVI TRIANON

PETITE ORFÈVRERIE
ARGENTÉE SUR MÉTAL BLANC

SORTIE AUX COUVERTS

			5002	5101 5104	5201 5204	5207	5501	5305	5307	5801
PRIX										
			fr. c.	fr. c.	fr. c.	fr. c.	fr. c.	fr. c.	fr. c.	fr. c.
elle à poisson...... ..	la pièce.		10 »	12 »	14 50	14 »	14 »	17 75	14 »	17 »
rvice à poisson......	le service		18 »	23 »	26 »	26 »	26 »	28 50	26 »	32 »
uverts à poisson..	la douzaine.		69 »	69-108	120 »	90 »	126 »	117 »	117 »	156 »
iller à sauce.........	la pièce.		6 50	6 50	7 50	7 50	8 »	8 »	8 »	8 50
rvice à découper. . .	le service		14 »	14 »	15 »	15 »	15 50	15 50	15 50	16 »
anche à gigot.......	la pièce.		8 »	10 »	10 50	10 50	9 75	10 75	10 75	10 »
lle à sel............	la douzaine.		12 »	12 »	15 »	15 »	16 50	16 50	16 50	18 »
iller à moutarde.....	la pièce.		2 »	2 »	2 25	2 25	2 50	2 50	2 50	2 75
lle à asperges	—		17 »	17 »	17 50	21 »	21 »	17 75	21 »	24 »
rvice à salade. . . .	le service.		11 »	13 50	23 50	23 »	25 »	24 »	25 »	28 »
llers à glace........	la douzaine.		21 »	21 »	24 »	24 »	26 »	26 »	26 »	29 »
ue à glace...........	la pièce.		10 »	12 »	14 50	14 »	14 »	16 75	14 »	17 »
pette à glace........	—		10 »	12 »	14 50	14 »	14 »	16 75	14 »	17 »
iller à sucre.........	—		7 50	7 50	9 »	9 »	13 »	11 »	11 »	16 »
ncè à sucre.........	—		6 »	6 »	7 »	7 »	7 50	7 50	7 50	8 »
iller à compote... ..	—		6 50	6 50	7 50	7 50	11 »	8 »	8 »	9 50
le à tarte...........	—		10 »	12 »	14 50	14 »	14 »	16 75	14 »	17 »

e Fabrique et le nom CHRISTOFLE.

CHRISTOFLE & Cie

56, rue de Bondy — PARIS

Usines a PARIS, a SAINT-DENIS et a CARLSRUHE

MANUFACTURE
de COUVERTS
et d'ORFEVRERIE

VUE DE L'USINE
DE SAINT-DENIS

TARIF DE RÉARGENTURE

Ces prix sont susceptibles de réduction, variable suivant la quantité d'argent retrouvé dans le désargentage, quantité dont nous tenons compte intégralement.

Poids d'argent	Couverts et petite Orfèvrerie		PRIX	
gr.	(Réparation et brunissage compris)		fr.	c.
84	Couverts de table......................	les 24 pièces.	39	»
60	— de dessert......................	—	33	»
18	Cuillers à café........................	les 24 pièces.	10	»
12	Louche ou cuiller à potage, grande	la pièce.	6	»
10	— — — moyenne.......	—	5	50
8	— — — petite.........	—	4	75
6	Cuiller à ragout......................	—	3	50

Grosse Orfèvrerie

Pour les pièces de *Grosse Orfèvrerie*, il est impossible de donner les prix d'avance, ces prix variant suivant l'importance des réparations à faire avant de les réargenter.

Nous rappelons à notre Clientèle que nous réargentons tous les couverts et autres pièces d'orfèvrerie quelle que soit l'origine de leur fabrication.

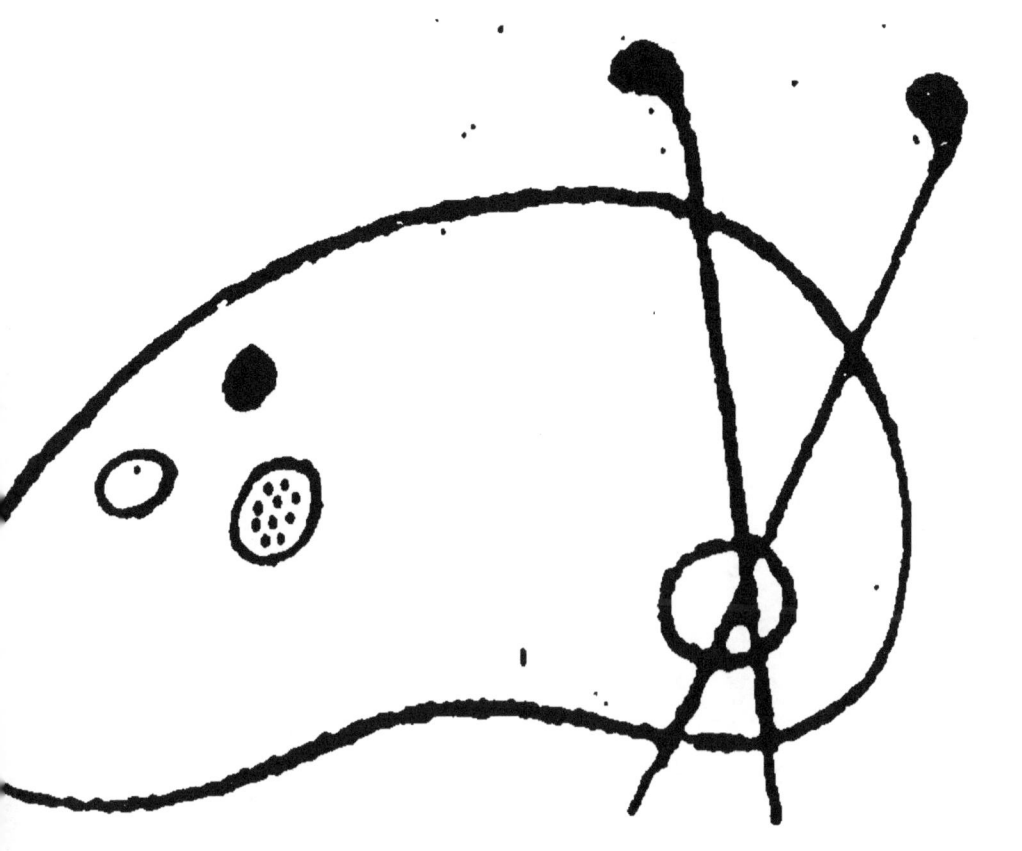

Fin d'une série de documents
en couleur

www.ingramcontent.com/pod-product-compliance
Lightning Source LLC
Chambersburg PA
CBHW070203030726
47505CB00006B/1557